柴室小品（乙集）

盧前/著

盧冀野小傳

盧冀野，名盧前，原名盧正紳，冀野是字，自號小疏，別署飲虹簃主、飲虹園丁、冀翁、雲師等。

一九〇五年三月二日，他出生於南京一書香世家，少年時代熱愛文學。一九二三年，曾加入柳亞子先生發起的新南社。一九二五年正式就讀東南大學，老師有吳梅、王瀣等當時著名學者；一九二七年東大畢業後，在多所大學和中學任教，如當時的金陵大學、河南大學、成都大學、光華大學、暨南大學、立達學園、南京鍾英中學等。一九三七年抗日戰事爆發，他流亡至武漢、江津和重慶。除一九四二年曾短期在福建永安擔任過國立音樂專科學校校長外，一直在當時的四川大學、女子師範大學、中央大學、復旦大學等校任教；同時在國立編譯館與禮樂館任編纂，並任《民族詩壇》主編，大力倡導民族詩歌的創作，積極歌頌抗日救亡；一九三八年至一九四七年他曾擔任過四居當時國民政府參政員；一九四五年抗戰結束回到南京後，除了仍在大學教書外，一九四六年起主編《中央日報・泱泱副刊》；一九四七年起還任南京通志館館長，南京文獻委員會主任委員，主持徵集、編印了《南京文獻》二十六冊；一九四九年初，為避戰火，全家移居上海，一九四九年五月末，全家返回南京。此後這一時期，他雖賦閒在家，仍筆耕不綴，常為當時一些報紙寫稿，直至一九五一年四月十七日，因病逝世。去世後，主要藏書，都捐給了東北師範大學圖書館。

盧冀野主要的文學作品：早年有新詩集《春雨》、《綠簾》，小說集《三弦》問世；舊體詩有《盧冀野詩抄》；詞集《中興鼓吹》；散曲集有《飲虹樂府九卷》；劇曲有《飲虹五種》、《女惆悵爨三種》、《楚鳳烈傳奇》；譯作有《五葉書》、《沙恭達羅》兩種；報導文學有《丁乙間四記》與《新疆見聞》；此外，一生還寫有大量的散文、小品文、章回小說等等。

其主要學術著作有：《中國戲劇概論》、《明清戲曲史》、《論曲絕句》、《讀曲小識》、《詞曲研究》、《散曲史》等；其他還有《何謂文學》、《近代中國文學講話》、《八股文小史》及《酒邊集》等等。

盧冀野一生還熱衷於保存、傳播中國古代文化典籍。他搜集、整理、彙校並刊刻了大量的中國元明清三代的曲籍，經其整理出版的就有數百種之多，其中最為著名的就是《飲虹簃叢書》、《飲虹簃所刻曲》。

盧冀野是民國時期中國頗具影響的教授、學者、詩人、藏書家和南京地方史志專家。

盧冀野與他的《柴室小品》

現在結集出版的《柴室小品》一書（現分為甲、乙、丙丁、四集），是盧冀野先生為上海《大報》、《亦報》所寫的小文章的彙集。其中相當一部份文章，原是在《大報》上的一個「柴室小品」的專欄中發表的，故現以「柴室小品」名之。

一九四九年以後，盧冀野不得不離開在大學裏長期擔任的教職。算是為著家庭生計，或許也為著精神上的一種失落，便開始了「煮字療饑」。他先後或同時為若干報紙寫稿。從一九四九年下半年始，他為南京的《新民報》寫了「金陵風物」和「續冶城話舊」等系列文章；又為上海《大報》、《亦報》等陸續寫了相當數量的小品；他甚至重操舊業，將年輕時決心放棄掉的寫作方式——小說，重新撿拾起來，寫起了章回小說。約略算起來，自四九年八月算起，至五一年四月去世，他在短短的一年八個月中，共寫了上千篇的小文章，三百五十期左右的章回小說，這裏還不包括此時所寫的若干詩、詞、曲。所以，如果除去北京之行及多次往返上海的時間，他每天得寫二三篇、三四篇才行。寫作之勤，令很多人驚歎。

這些小文章和章回小說，當然不是盧冀野先生生涯中的重要著作。但是在這兩份當時在大陸並不顯眼的街頭小報上，他以似乎信手拈來的方式，寫的這些小故實、文人軼事、異域風情、笑話趣語、鄉井時事、生活瑣屑等等，卻也不是他的敷衍之作。盧冀野對辦報並不陌生，他曾長期主編《中央日報》的「泱泱」副刊，還在大學講過新聞課程。所以細心的讀者可以注意到，他的這些小文章的選題、內容變換、文章節奏，甚至遣詞造句等，是花費了心力並以期適合當時最廣讀者群的口味的。總之，在這「失意」的這兩年中，他以往勤奮寫作的習慣並未改變，只是變換了寫作的領域。我的二姐夫何玉書先生曾告訴我，他還清楚記得，《大報》總編輯陳蝶衣先生為約稿事，曾來南京大板巷舊宅，拜訪過我的父親；我自己也依稀記得，有一次李清悚先生與一位我不認識的畫家，在書房裏與我父親一起對章回小說的插圖反覆推敲時的情景（李先生是父親摯友，年輕時就擅於繪畫，為我父親少年時的新詩集《春雨》做過插圖）。再就是，直到去世前，他因病重被送往醫院時，還為自己無法按期向這兩份報紙供稿而十分不安。所以說，他對當時的約稿與寫作，依然是非常認真的。

現在看這些文章，除了期望讀者從中感受閱讀的趣味、增加一點知識外，也可以將其視作盧冀野先生的一本不完整的「回憶錄」，或一本殘缺的「日記」；此時他的身體已很不好，也可看作他對自己寫作生涯的小結與身後的交代。有些小文章，也可視作為那一時期大陸社會生活的一種紀錄，等等。但是，顯然其中大部份都流露有作者對中國傳統文化的一種眷戀的感情。

至於《大報》、《亦報》這兩份報紙，它們都是一九四九年七月在上海創辦的小報。但為報紙撰供稿的人，卻有不少著名的報人與文人：張慧劍、張恨水、汪東、周作人、張愛玲、潘勤孟等等。不過在發行了大約僅僅二年半以後，《大報》就被併入了《亦報》；又過了半年左右，也就是一九五二年十一月的樣子，《亦報》又併入了《新民報》。自此時起，在幾十年中，大陸便不再有任何民營報紙了，大陸的報業進入了一個完全不同的時期。所以說《柴室小品》是成於大陸的一個相對寬鬆，又有點特殊的、短暫的時間。

我父親是一九五一年四月去世的。現在知道，兩報相繼被合併不久，陳蝶衣先生和張愛玲女士，也相繼離開了大陸。因此我不禁想到一個問題，他們三個人，在當時算是以完全不同的方式，先後徹底離開了大陸的「文壇」和「報壇」，此為幸抑或不幸歟？

為便於讀者瞭解《柴室小品》一書的寫作時代與背景，特簡單說明如上。

盧信
二〇一一年春節於南京

目　次

何人能識舊牛頭

中國的牛頭山，一共有五處。一在甘肅洮鞏間，姜伯約大戰處；一在陝西漢中，有個出名精禪師；一在四川梓州，杜工部詩中提到過的，還有一處在福建省境，因一個微禪師而得名；剩下來的一處就是我們南京的天闕，一名仙窟，俗稱為牛首山的。在城南三十里，周回四十七里，高一百四十丈。明代盛時泰纂修過《牛首山志》，記山中的岩洞，有兜率岩、文殊洞、辟支洞、野豬洞。泉池有飲馬池、白龜泉、虎爬泉、地湧泉、錫杖泉、太虛泉。進了山門有金剛殿，殿後是白雲梯，上有天王殿，殿後有大雄殿，再後有毗盧殿，兩旁是許多偏殿，還有什麼臥佛閣、巢松閣，寫得天花亂墜的，似乎是一大勝蹟，南京土諺叫做「春牛首，秋棲霞」，遊春的唯一去處，然而今日的牛首可不是這樣了。詩人胡翔冬即我所說的那位胡三先生，在二三十年前，他常住牛首的，我們稱為牛首翁。民國十六年，曾偕胡小石、陳寅恪、聞一多、李儒勉和我在山上住過幾天，那時牛首已凋零，然而玉梅花庵還在；這二十年更其荒廢了，也許和其他四處的牛首一樣的沒落，比起棲霞來，好像差多了。重翻山志，我真不知道何人能識舊牛頭的光景也。

（50-06-06）

秀才唱佛曲

說起來是一樁怪事：當我在覓得明初瞿佑《樂府遺音》北曲一卷時，抄好副本，交去寫刻，寫樣送到我的案頭，正遇八一九戰事發生，我一直不曾校，便棄家西上了。案頭寫樣當然連房屋一切都燒掉了！等了九年，我由蜀東歸，四方尋求，始終沒有再見。前年龍蟠里圖書館收回大批善本，這抄本居然在內，我連忙再抄了一份，又付寫刻，寫樣又送到我手裏。剛巧解放軍渡江，我又沒有再校，所幸寫樣並未失落，刻是一時不易再刻了。

這一卷北曲並無特色，只是有兩處註文值得研究，在〈水仙子贈雍凱〉二首下註云：「雍生凱從學五年，最為親密，今秘選唱佛名歌曲，每乘夜來過，輒為予歌數首，或留宿不去，嘉其情義之篤，為製〈水仙子〉二首，俾度腔歌之，因以為贈。」在〈清江引到德勝令〉下註云：「右北樂府十首，己亥歲夏頒降佛曲，從學諸生多被拘集在官歌唱，其於音律素所未習，不免有扞格之患，為製北曲十首授之，俾度腔按譜，依聲依永以歌焉，庶或得其梗概，而音律克諧，抑亦指引之一助也。」我知道永樂是頒過佛曲的，但是選或拘秀才們在官裏唱它，這事卻很新奇；問問人家，都說不知道。瞿是杭州人，難道當時在杭州是這樣，別地方不如此嗎？因別無證據，只好存為疑案了。

（50-06-07）

自訟

過去文人有時會作一種文字，近於現在的自我批評，題名為「自訟」的。不能像自我批評這樣謹嚴，又往往是從個人立場出發，沒注意到大眾的方向。然而在那舊社會中，已算是難得的了。不過我還覺得這種「自訟」，比起那理學家的反省功夫，像什麼「功過格」，什麼「看念頭」，這要天真得多了。原因是文人的感情重於理智，有許多事被感情矇蔽住了，不能看得清，調查得仔細；便憑著感情甚至於一時的衝動就下批判，當然是不夠正確的。所謂「悲天憫人」的心腸，也只是情動乎中而形於言，談不到冷靜的觀察、客觀的認識。我有時也自訟一下，這種毛病也是免不了的！今後的文化人或文藝工作者由於生活的充實，又接受了新的教育，當然不會如此；何況隨時利用了這新的武器——自我批評，自能一天天的在進步。再看舊日的「自訟」彷佛是浮光掠影，就覺得不夠深刻。假使有人選錄前人的自訟文字，和最近文化人的自我批評一類的文章，彙為一編；這是很可供我們做比較研究的，也是一種最好的學習資料。

（50-06-08）

侗語

我們的侗族同胞，大部份住在貴州的東路，如天柱、玉屏這一帶。尤其天柱縣最多，在全縣十二萬五千多人口裏，占百分之七十。侗家較苗、夷、水、仲各族比較是進化得快的，也和漢族最接近。過去侗胞好鬥，常常有為著小事，打得頭破血流的；又好訟，為著打官司破家的很多。有鬥雞的風俗，無論男女都好喝酒，家家差不多都有釀酒缸。說起語言來，似乎與漢語也接近。叫兒子是「拉」，女兒是「拉曰」，去說「白」，來說「媽」，哪裏去說「白偶」，吃飯沒有是「雞又昧養」？問你好大年紀是「娘昧言念」？田叫「丫」，耕田叫「雜丫」，牛叫「朵朵」，狗叫「豆誇」，豬叫「惰木」，豬肉叫「南木」，有些字音用漢字記不出來的，這占侗語的百分之八十。也有和漢語完全一樣的如父親叫「爹」，母親叫「媽」，以及姐妹嫂等。侗家多是聚族而居，稱為寨，少的三四十戶人家，多者百餘戶，多係木屋，也有有樓的。我在貴陽的花溪，曾訪過侗家，有些人幾乎已全部漢化了，然而生活習慣畢竟與漢族還有差別。

（50-06-09）

侗胞的趕歌場

侗家青年男女多是愛歌唱的，這種歌多半是情歌，他們常常三五成群，到山坡樹下去唱，這叫侗歌或山歌。他（她）們席地坐著，一唱一和，互表情愛，用唱歌多少分勝負，這可算是侗家的一種民族形式。唱歌時，有別的男子聞聲也可來參加，唱勝了可把女子攔下來再唱。本地稱為「玩女」，當事人說是「去奏玩」。男的送女的手巾、香皂，女的以親手做的布鞋為贈。每在逢場期的那天，周圍三四十里各寨的青年男女們新衣新帶，盛裝來趕場，這場不是為交易，只是為唱歌，所以名「趕歌場」。逢場山上坡下滿都是人，到處歌聲，做小生意的（賣吃食、毛巾、香皂的）也可賺一筆錢。午飯女子多半由情人招待。這歌場每年一次，大概在舊曆四月初八，天柱的邦洞最熱鬧，唱到高興處，逐對成雙的就野合起來。因此他們的婚姻都是從「奏玩」起，雙方奏玩了幾次，請冰人作媒，就可以正式成婚，殺豬宰羊，婚禮異常隆重。夫婦年齡相當極少，多半女的比男的大十多歲。新娘在夫家住三天就「轉腳」，就是回娘家，以後逢節令才到夫家，要生了小孩她們才能正式住在夫家的。

（50-06-10）

兒童的語言

我有一個小侄兒，今年是整三周歲，已會說話，不過他的詞彙不多。不知在什麼時候他學會了一句「雞貓作虐」，這句話通常是指一個人的脾性不馴良而言，但一經他運用，這個雞貓作虐、那個雞貓作虐，完全失去原義了。這天，他聽自來水在流著響，忽然說道：「這自來水又雞貓作虐！」聽他說這些話時，大家都笑了，用語法來衡量這句話，是大有問題的，然而這是一句兒童的語言，也是極富詩意的。現在大家就把雞貓作虐四個字當作他的別號了。還有一位朋友周君有個兒子，已是八九歲了，從小不大說話，父母幾乎認為他是天生的啞巴了。不過，事實上證明，他還是能說話的。這孩子的語言也特別，在七歲上進了小學，媽媽問他：「今天有幾堂課？」他的答覆是：「上午，學校。下午不學校。」父親的朋友來訪，留信約他父親明天在家等候他，由這小孩子告訴他爹，話是這樣說的：「來，某伯伯。爹爹，家，明天。」他的語法既不尋常，話中「動詞」也少，一個名詞接一個名詞的。我笑著對周君說：「這也是從前古文家的一法，寫成一文，然後點去虛字，便覺得深奧不凡。」這孩子何從養成這樣語式的習慣？倒值得研究的。畢竟他說的還是兒童的語言，比那半通不通的古文要好懂多了。

（50-06-11）

不以人廢言

南明那個巨奸阮大鋮，不獨戲曲作得好，什麼《燕子箋》、《春燈謎》，也無愧名劇；他的詩刻有《詠懷堂集》，學陶謝的一路，也頗為近賢所稱許，散原先生就說：「不以人廢言，五百年來一作手。」意思是他的人品且不管，就這作品談它是成功的。最近我又得到汪士鐸的《乙卯隨筆》，是不曾刊過的兩本筆記，其中記載太平天國刪改經書的事，他說：「賊改四書五經，刪鬼神、祭祀、吉禮等類。不以人廢言，此功不在聖人下也，後世必有知言者。」以前我們認為聖書館還未完成這工作，據此知道它是刪削過這類文字的。這兒所說「不以人廢言」，和前例便大不相同了。這完全指立場觀念絕不相同的人。意思是你莫說他們太平軍好像不足道，然而此舉卻極有道理。在那時代汪士鐸竟敢說出「此功不在聖人下」，我們不能不佩服他的膽量！舊時文人最愛用「不以人廢言」這句話，覺得自己的度量恢廣，是原諒人家。不知道這句話的正確性不夠，此「言」所以出於那「人」，皆有其環境、背景和客觀的條件；所以「廢不廢」也不能只憑了我個人主觀的判斷。言之合理與否？價值何如？只要透過群眾路線，自有衡量它的標準。

（50-06-12）

藥王廟的故事

南京的東水關附近也有座藥王廟，供的哪一位？我不曾知道清楚。後來在外面旅行，才曉得這藥王廟是處處有的。陝西耀縣還有座藥王山、曬藥場等名蹟。昨天看本報眉子先生文，他說：第一位著名的藥師可說是神農，第一位著名的醫師可說是扁鵲。然而北方舊曆四月二十八祀藥王，確是祀扁鵲。這是一個疑問。由於陝西的藥王山，我疑心是李藥師（靖）的遺蹟，後來看到于髯〈藥王山除夕〉詩：「伏虎降龍事渺茫，洞門香火歲除忙。瘡痍遍地神知否？兒女癡心禱藥王。」我去問他，他說：「藥王是孫真人。」名字我現在已記不清了。但是我為著藥王廟還鬧過大笑話，那一年，我走過東水關，看廟額這「藥」字作「樂」字。我心中想：「這樂王是誰呢？」後來知道明代成化年間，有位錦衣指揮使陳鐸（大聲），他是一位詞曲大家，琵琶樂器彈弄得好，當時教坊尊為「樂王」。這東水關接近教坊區域，我便認為樂王廟祀的陳鐸了。我去找陳鐸的像，廟中當然沒有。可是費了半年工夫，完成陳鐸的輯傳，正在意得志滿之時，一天，查府縣誌才證明它是藥王廟，去祭祀的是賣草藥的人，當然不會是陳鐸；因為年久失修，額上的「草」字頭剝落掉了，害得我「摸錯墳山亂磕頭」！

（50-06-13）

繞三靈

分佈在雲南洱海四周，以大理為中心的民家，他們自稱是「民家子」，或「白子」，有人說即漢代白子國的後裔。他們有一種特殊的風俗叫「繞三靈」。據〈三靈廟記〉碑文說：三靈乃蒙詔神武王閣羅鳳偏妃之子。其一靈為土番之首長，二靈乃唐代之大將，三靈的神話較多：據說他出生時，中宮無出，對他起了陰謀，活埋在太和城，侍女鳳夜裏去看他，土上長了一根葦，被牛吃掉，中宮牽去了牛，在牛肚子中出現了一披戴金盔甲執劍的男子。這三將立下大功，後舉兵至摩用，大戰弗克；回到喜臉赤佛堂，三將都死了。託夢給土人，要立廟，他們能助水利，除災害。這樣大理人就建了三靈廟，每年四月十九「闔郡祈告」，這風俗直流傳到今天。所謂「闔郡祈告」就是「繞」了。一年一度的，成群結隊的拿著香、楊柳枝。柳枝上掛著紙彩，每個人的太陽穴上也貼紙彩；頭上戴草帽，帽邊繫上馬紅綠綠的雞毛。都用驢紅馱了行李、食糧、雞肉、炊具等等，由大理出發，沿點蒼山的山腳，唱著歌前進，一直走到喜洲（就是〈廟記〉中說喜臉）。因為三靈聖地，除燒香唸佛，只有歌舞娛神。此後順著洱海邊再回去。這樣去山麓海濱的繞行，至少要三天時間才能完成此一行程。

（50-06-14）

康省的羅酒

在西康，正月初一為羅酒。羅酒就是祝賀元旦的意思。這天，雞啼的時候，所有民眾都帶著全家進了附近的喇嘛寺院，有的向佛塔進香。這些人各攜柏枝、旗幟，布上面印的很多經文，肩上搭著稞麵小口袋。到了廟裏便把經文掛到浮屠上，在煙內焚柏枝。大家碰到，都說一些頌禱語，禱聲響徹雲霄。禱畢，相識的彼此取麵相撲，穿的新衣服上頓成了麵團，也就滿意而歸。康人認為這是最吉祥的事。回到家裏，也飲酒食肉，老幼一堂，共祝新年。

有些地方，大寺院中掌教的呼圖克圖，在寺中或露天講演佛經，凡寺內大小喇嘛，皆要參加這法會，會期是十五天。每天待講經完了，對於聽眾照例是有賞賚的；如哈達（一種黃綢巾樣的東西），藏香，還有藏洋。他們也得齋戒，這齋戒在西康叫做「黝勒」，漢人是不知道他們的其中內容的，因為他們在齋戒時，就不食不言，代他們起個名稱，叫「啞巴齋」。這種風俗宗教意味很濃厚，也很特別，在中國別的地方倒也少見的。

（50-06-15）

花苗之婚

花苗接親大都定在每年十月十一月。他們（她們）的婚齡通常是十五歲至十八歲。日期是由男方選定的。在接親前一月，男家請媒人將訂婚時所議定的財禮如數補足，就說明日期。女家歡喜新婚的可以讓半數財禮。在接親的前一天，男家的童男女各一去迎新娘；也有新郎親迎的，不過要備酒肉做回門禮。女家在前晚請處女數人陪伴新娘，穿起新服，撐一把紅色布傘，由迎親的和送親的陪伴同行，前導由一男子提一盞有亮的燈籠引路，走在半途天亮了，再吹熄它。最忌孕婦偷看她。到達男家，門前放一馬鞍，由家長提雄雞在新娘頭頂上繞幾下並以針刺雞冠滴下幾點血在門上，同時大說吉慶話；這時新娘跨過馬鞍，就入門，在客房坐下來。這時女家又來了一批送親的，有禮物，如牛豬雞等。這天男家大宴女家。親友賀禮，多送水酒和米，吃喝一通宵。花苗婚禮最重入門，不重洞房的。第二天，早起，新郎迎接岳父，在院中設席敬酒，由一人高呼：「現在我幫主人開酒店，請眾位來買！」於是順次到桌邊飲酒，每飲一次，必問：「酒好麼？」答：「好。」又說：「酒好要錢買。」大家便掏錢放桌上。賣酒完了，才設喜筵。客人又混過一天一夜，這樣過三天，男家才設新房，讓新夫婦同房。一月後，歸寧。女家留女婿三兩天，仍令女偕婿歸。再過數月這新婦便回娘家長住，逢年節或插秧收穀時，丈夫接她，她才來，但也不過暫住。一定要生了子女，才可以留在夫家共同生活下去的。

（50-06-16）

黃東崖十二課

福建黃東崖，是崇禎朝五十個宰相之一。不過他只入閣了一年多，對於朝政的功罪且不說；他對於自己的生活，倒有相當的約束，那「屛居十二課」在現代人的眼光裏，未嘗無可取。1.「晨齋」，他主張早餐要少，要吃蔬菜，連喝牛乳的習慣也得改掉。2.「晚酌」，認為一天只應該在傍晚喝點酒，這是根據邵堯夫「安樂窩中哺時輒飲酒三四甌，微醺便止，不使至醉」的話而來的。3.「獨宿」，這是說動靜作止，一切自家料理，不須煩人照應。4.「深居」，由「風雨寒暑四不出」，積漸成為「寧疏毋數」的出遊。5.「莊內」，這就是「禁慾」的說法。6.「頷兒」，他對於兒子主張任其自由發展，來說什麼話，就對他點點頭。7.「弟過」，兄弟們偶然聚食或聚談，這的確是有興趣的。8.「朋來」，他的理想是：「有一二佳友，可與賞奇文，析疑義，其人亦復經旬不一相造。」9.「鳥夢」，他說：「凌晨每於鳥未鳴時起行，似鳥猶在夢中。」他要人早起。10.「雞燈」，他又主張夜起，在香下等待天明。他說：「每危坐，至將旦時，蠣窗忽白，此一段光景最佳。」11.「著書」，他所作總百萬言，梓行了五六種。12.「惜福」這是最後的一課，也是最有意義的一課。他抄書，「恒覆紙背為之」，有時還要「自澆花灌竹」。這十二課除「深居」有隱士氣，「頷兒」、「朋來」太消極，「著書」和日常生活又沒有什麼影響外，其餘都足為我們生活的借鏡。

（50-06-17）

豆頌

朋友當中有不愛吃豆類的，一切的豆都在排斥之列，我常常笑他的生活圈子太小；因為在食物中豆底範圍最廣，豆是值得我們歌頌的。不談大豆、豌豆、青豆、黃豆、紅豆，既可甜吃，又可鹹食。做成點心如豆糕、豆餅、豆泥、豆沙固好，將它做成任何形式的菜也不壞。至於連莢吃的如豇豆、四季豆、扁豆，在這季節中差不多供應每個人家來佐餐。豆芽、豆苗不用說，也是美味。還有蠶豆，即四川所謂胡豆，在四川是陰曆二月裏就上市了。有一年，我吃胡豆出川的，到江南三四月裏又吃它，六七月在新疆又吃了一回新蠶豆。這一年中吃了三次，我固自幸口福之好，然而從此知道它是生長在全中國領土之內。再說由豆製成的豆腐，由豆腐製成的豆腐腦、豆腐乾、豆腐漿、豆腐皮、豆腐果，真是不勝枚舉。素食的人幾乎就以豆為他主要的食品。天氣一天天的熱了，我們喝一口綠豆湯是可以解暑的。還有人用蠶豆殼炒焦了來代替咖啡，也算是一種「過屠門而大嚼」的辦法。孩子們多半愛吃豆的，也有愛做「豆工」的，就是用小棒棒穿起豆子來做成各種樣式，比「泥工」、「紙工」做起來乾淨些。除此之外，還有「豆選」，那更是新時代農村的佳話了。

（50-06-18）

鍾馗是女性？

在舊曆五月，以往的習慣人家皆懸掛出鍾馗像來。多數畫作劍拔弩張的樣兒，也有的畫成袍笏裝的。有的添上一隻蝙蝠，有的還有小鬼幾個。或作鍾馗捉鬼，或作鬼扯鍾馗腿；很少的畫作鍾馗嫁妹，在這鬚眉如戟的鍾進士旁邊，補出一個花容月貌的女子。朋友中有一位有搜集鍾馗像的癖好，差不多藏有幾十幅，各式各樣的。有一次我對他說：「可惜沒有一幅畫鍾馗本人作女的！」他很詫異。我取出宋代趙叔向《肯綮錄》，指了一段給他看：「皇裕中，金陵發一塚，有石志，乃宗慤母鄭夫人，言有妹鍾馗。」這還是從南京得的物證。世傳鍾是唐時人，如此說來，比唐代又早了。不過伍子胥有誤成伍髭鬚的，杜拾遺又被認為杜十姨，不知道這捉鬼的鍾進士，究竟是男是女了？如果當真她是宗慤的姨母，那她是人家的小妹，並非他有個小妹了。端午節已到，正是鍾馗登場的時候，關於他的性別，卻還有待於檢定，豈非奇事？不過一般的民間傳說，往往會發生演變的，把女的變成了男的，或是男的變成了女的，也是情理之中的事。

（50-06-19）

睡

我從小不愛睡覺，晚上睡早了，覺得可惜，這夜深人靜的時候，正好看看書，寫點東西；早上多睡了又覺得可惜，這樣好的清晨，正可出去走走，或做什麼事。連生病時，我都怕睡倒。大有人如不睡，百年可抵二百年的想法。偏偏我這做醫生的孩子是一個睡的讚頌者。他認為我這幾年身體不行，只有睡才可以搞好，不是藥餌所能治療的。看到我便說：「爹爹，睡睡罷。」、「睡睡罷！」我雖不愛聽，終於還是採納他的話，晚上九時便就枕，早上七時才起身，有時中午還打個盹兒。我想起清代杭州馬大年的話：「前輩言荊公嗜睡，夏月多用方枕，睡久氣蒸枕熱，則轉一方冷處；此非真知睡味，未易語此也。」睡味二字，妙！我也愛唸古人那些歌睡的詩，如裴度的：「飽食緩行初睡覺，一甌新茗侍兒煎，脫巾斜倚藤床坐，風送水聲來耳邊。」王安石的：「細書妨老讀，長簟愜昏眠。取快且一息，拋書還少年。」陸游的：「相對蒲團睡味長，主人與客兩相忘。須臾客去主人睡，一枕西窗半夕陽。」又專說午睡的如僧有規：「睡去不知天早晚，西窗淡日已無多。」蔡持正：「睡起莞然成獨笑，數聲漁笛在滄浪。」睡不著的像呂滎陽：「竹床瓦枕虛堂上，臥看江南雨後山。」都見出睡味來。大年又引孝先的詩句：「華山處士如容見，不覓仙方覓睡方。」睡也有方的。《遺教經》上說：「乃有煩惱毒蛇，睡在汝心，毒蛇既出，乃可安眠。」蔡季通有〈睡訣〉道：「睡側而屈，睡覺而伸，早晚以時，先睡心，後睡眼。」這平凡的話卻有至理，不怪朱晦翁說它是「古今未發之妙」。

（50-06-20）

喝茶的故事

從前為著喝茶有破家的，這在福建省也許不希奇。談到講究喝茶的，除了福建，就是江浙，安徽雖然是產區，茶迷卻不甚多。關於說茶的書，我偶然也看看，認為宋蔡襄的《茶錄》是要言不繁的。上卷「論茶」，色、香、味、藏、炙、碾、羅、候湯和點茶，下卷「論茶器」，焙、籠、鈐、砧椎、碾、羅、盞、匙和湯瓶，解釋得很扼要。不像《茶疏》、《茶記》、《東溪試茶錄》等那麼牽涉得廣。《紀異錄》說：有位和尚叫積師嗜茶，他非陸羽煎的不喝，而且能分別。有一天，代宗暗召羽煎了一碗，積師居然喝出來：「這像是陸羽所為！」這真近於神話。又《蠻甌志》：「陸鴻漸採越江茶，使小奴子看焙，奴失睡，茶燋爍。鴻漸怒，以鐵繩縛奴投火中。」為煎茶殺人，這是僅見的。茶，據說早採的才叫茶，晚取的就是茗，一作荈，蜀人所謂「苦茶」。我們南京還有一種「飄茶」，為各茶書所未載。什麼叫「飄茶」呢？就是用醃芹菜和削好的荸薺放在杯中，沖上開水，加幾粒松子仁，在飯後喝上一杯，頗有助消化之效。別地方有沒有這一種茶？那就不知道了。

（50-06-21）

葉遐庵不上掃葉樓

我的熟人中素食了多年的有二人：一是黃任老，一是葉玉老。今年玉甫先生也是七十歲的人了，我跟他已十年不相見。早幾年知道他因病住在廣州，曾通過信，向他討文債。因為先君生前很欽服他，所以我請他為先君作墓誌，前年承他在病中居然繳卷，不久聽說他移居香港了。他退居這多年，對於文化事業非常熱心，為著輯《清詞鈔》費了不少精力；那印行的《廣篋中詞》四本，完成在抗戰初期，怕流傳還不甚廣，這是補譚復堂的書，並時作者的作品，收入了不少。戰前，他常來南京，只是不到掃葉樓，疚齋翁告訴我，為的是樓名掃「葉」，他是不願意被掃的。他曾搜得到康海的鐃鈸一個，預備送給我，後為一友取去。我想此物應該尚在人間，歸我不歸我是沒有關係的。他又主張創「歌」體，上承唐詩、宋詞、元曲，以新音樂配合新的歌體，開闢我們這一代在詩壇的道路；此願甚宏。近聞人民政協特邀他老北上，果然到北京去出席，他的宿疾當已痊可。我於此遙祝玉老的康復，並祈禱他的望願早日實現。

（50-06-22）

瓊花誌

南京有兩處地方有瓊花，一是鳴羊街胡家花園，一是侯府。這侯府的一株，不知道還存在不？胡家花園是連園子也荒蕪了。三四十年前，江西贛南鎮守使署，有一株瓊花，就是譚組安〈題甓園瓊花〉的那個甓園。詩云：「蕃釐觀裏舊瓊枝，仙種何年此地移。倚樹攀條一惆悵，我來偏及未花時。」他並沒有看到這花。提起瓊花就要想到揚州蕃釐觀，《江南通誌》上說：觀在揚州大東門外，因有一株瓊花，改名瓊花觀。世無此種，歐陽修守郡時建無雙亭。許多筆記都說是天下只有此一本，《韻語陽秋》講得更明白：「瓊花惟揚州后土祠中有之，其他皆聚八仙，近似而非。」張淏《雲谷雜記》說這「花色正白，曰玉蘂，」王禹偁為它題名叫做瓊花的。《群芳譜》：玉蕊花所傳不一，唐李衛公以為瓊花，宋曾端伯以為瑒花，黃山谷以為山樊。宋代德清岳祠廡下還有一株，時號月旦花。況夔笙《選花叢譚》說：「瓊花或云即聚八仙。」大約花是八朵一簇的，通常的是聚八仙，瓊花既然稱為絕種，與聚八仙似不盡同。至於隋煬帝上揚州看瓊花而喪身失國，這說法從前也有人辨正過。還有人根據司馬相如〈大人賦〉：「嚼嘸芝英兮嘰瓊華」，張揖註：「瓊樹生崑崙西流沙濱，大三百圍，高萬仞。華，蕊也，食之長生。」是不是為瓊花種子西來之證，也是一個問題。

（50-06-23）

海南島的黎胞

海南島上有黎族、苗族。黎族有黎人、伎（一作岐）人、俸人之分。伎、俸與黎的習性大同小異。從前稱他們生黎、熟黎，那是以住居地方距城的遠近而言。俸人算熟黎，伎人是生黎的一支。他們居住的區域是崖縣、瓊山縣、儋縣、定安縣、臨江縣、昌江縣，和樂會縣的近水地帶。說黎胞的起源，根據《後漢書》的〈南蠻傳〉，即是「里蠻」，由「里」變作「俚」（《隋書》是如此稱的），唐以後就作「黎」。黎胞自己所傳的神話，說：「太古之時，震攝一卵於黎母山，旋生一女，歲久有交阯蠻過海採香者與女相合，子姓甚繁，是黎人之祖，故山名黎母山。」他們的風俗，「祀狗」是與猺胞相同的。現在的黎胞多半說漢話了。而且仿用漢姓，如：王、邢、羅、李、陳、楊、廖、唐、韋、吳、麥；都是漢人到那地方跟他們同化了的。像珠崖多港峒的李姓，自稱是唐謫宦李德裕之後，至今還保存李德裕的一尊塑像。苗人在海南，在民族地位近於黎之附庸。黎胞喪葬儀節，一樣的棺殮治喪，不過喪服很特別，用銅皮剪製尖頂帽子，上邊尖尖的微彎，像根牛角戴在孝子的頭上。漢人「做七」，他們是「做八」，就是人死了的第八天，親友送牛、豬、羊、酒、米去弔唁；這和別的種族風尚便大不相同了。

（50-06-24）

黎人的衣食住

黎胞先到那地方的，就做峒主，稱為「頭家」。一峒有十村八村，小的有三村五村。頭家是世襲的，後來也有公舉的了。自從清代馮子材設了「撫黎局」，置黎團總長擔任編查戶口工作，十家一牌，有牌長，三牌一甲，三甲一保，有保正、保副。此制在解放以前，變更還很少。他們的裝飾，像瓊崖中部的男子，衣服都極簡單，用小布一方掩蔽下體，帶束前後繫在腰裏，是名「小裹」。女子饋禮物於情人，多以「小裹」。出門作客時，有的以藍白二色的琺瑯、掛珠或銅錢為頸飾。女子有紋面的，說：「不紋面恐死後祖宗不認識。」有的說：「不紋面就要給漢人做老婆了。」所穿衣服對襟無鈕，領下用個銅錢結之。也有用「布裝式」的。不過戴銅耳圈是很普通的。小孩子在七八歲均裸體剃頭，女孩腦後留一朵髮，男的留在額前，十幾歲以後，女孩不穿上衣，便穿裙子。男孩就著「小裹」。他們吃的也以米為主，喜粥而不飯。粥中沖很多的冷水，瓜、豆莢、竹筍、竹蕨是他們的菜。也有吃魚肉的，「肉乾」做得很好。並會釀糯酒，陵水的黎胞喜嚼檳榔，因此在村峒中種檳榔不少。再談房屋，都是長方形的，木或竹做柱樑，編竹片樹皮以泥糊作牆，編茅為蓋。在前後棟下開兩門相對，一是前門，一是後門。還有一間「穀倉」，這與住室不同，不用土牆的。大都南北向，爐灶放在左邊，寢床放在右邊。鋪設精簡，他們就在這兒度著安樂的日子。

（50-06-25）

明代的速寫

你要說中國的速寫畫是從西洋人學的，我告訴你明代初年的一個速寫畫家戴文進的故事。在那永樂初年，出入南京的孔道還是水西門。這一天，戴文進來到南京，他還是初次來遊，剛進了城以後，他東張西望的，一轉眼間把行李丟掉了！可是當他和腳夫講價的時候，當然他看了那腳夫幾眼；這時大家問他將行李交給誰的？他就在一酒家借了支筆，畫出替他挑行李的那位腳夫的面貌。圍著看的腳夫很多，大家看戴文進畫出了那人，便爭著說：「這是某人呀，他家住在什麼地方，我們陪你找他去！」於是戴文進跟著那幾位腳夫，終於找得了那人，並收回了自己的行李。那時當然不會有速寫、素描的名稱，然而戴文進畫像的技術一定很高明，看了幾眼，他就能把那腳夫畫出來，這是可以看出他繪畫素養來的。繪畫演進到現階段，比五百年前應該不可同日而語；但速寫家憑著畫像的本領，收回失去的行李，這樣的事還不常有哩。

（50-06-26）

輾的作用

有位老朋友對我發牢騷，他說：「現在一開口就講提高，講進步。我看，即以文化而論，何嘗不是降低，不是退後！」我說：「老兄，由普及而提高，才是真正的提高。眼前若從『個別』的一點一件來看，似乎是降低退後；等待發動了文化高潮，那時你當不致失望了。」我說這些話時，忽然想起章行嚴早年寫過一篇〈說輾〉就是拿火車開動為例。在升火待發，即將開出時，這車身一定要往後退一退，然後前進，越進速度越快。這退一退，叫做「輾」，這不是退，是準備著前進。我這老友所憤憤在說的「落後，降低」正是有「輾」的作用。從前所謂文化在少數人手裏，只有少數人才享受得到，今後是把文化交給大多數。好比火車，往日車廂只有幾個人，現在又要裝得滿滿的，「輾」起來似乎比以前退得多，而不知這樣前進起來才格外快。我們所期待的那文化高潮底發動，不是「文藝復興」，而是人民新文化的建立。我這樣告訴他，他想一想也認為有道理；這是「輾」，他也承認。可惜在手邊找不到那文章，不然，倒有翻出來重新讀一讀的價值。

（50-06-27）

麥稭的編物

從地土裏生長出來的東西，是沒有棄材的，譬如在麥季收穫後，單說這種麥稭，一根根黃金條似的，到了老農手中，就都成了手工藝最好的材料：一頂頂的笠帽，一把把的扇子。這一種麥稭多是沒有打過的，「圓鼓露出」的，亮光閃閃的，非常好看。最近有人自小水關來，帶了一座麥稭編的寶塔來送給孩子們，我心裏正在詫異：「這寶塔做什麼用啊？」那人告訴孩子道：「送給你們這個是蛐子籠，這裏面可裝五六個蛐子或者叫叫兒，掛起來聽牠叫，多有趣！」原來這是個蟲籠子。我推詳了許久，真欣賞他們編製的技術之精，這實在也是民間的一種大眾藝術。

飲虹（50-06-28）

記：喜饒嘉錯

老友喜饒嘉錯格西，這一次在出席人民政協的名單中，發現了他的名字，他即黃馬褂、紅長袍、瘦臉羊鬚的影像，不覺湧現到我眼前。他寫過許多藏文詩送給我，至今還存篋底。我從他那兒知道一點關於西藏文學的知識，那時我們同在重慶，他住在長安寺。為他任翻譯的楊質夫君，我已好些年沒有見面了。這「格西」在西藏，就等於外國的博士學位一樣，他對於漢族的文史，知道得很多，他常常在我們談話中引用《漢書》，雖不是原句，但他很熟悉的。他告訴我關於六世達賴的故事，使我想起南唐後主李重光，我準備寫一份「李後主詞」給他，差不多十年了，始終我還沒有著手。他經常駐錫在拉卜楞寺，我經過蘭州，卻不曾到青海去看他。這回他到北京，我又南歸了，甚以相左為憾。聽說他的漢話，說得很有進步，大約現在談話已可以不用翻譯的了。他離開拉薩也已很久，現在解放西藏的日子近了，他在此後的歲月裏，當有更大的貢獻。我正打算再寫一首長詩送他的行咧（他在十年前回拉薩去，我送過一支北曲，他自己譯成了藏文。又寫一首藏文詩答覆我）。

（50-06-29）

張瀾的〈自箴〉詩

在二十年前，張表方先生（瀾）任國立成都大學校長時，我受聘為文科教授，第一次到四川。我是重陽那天到的成都，而張校長正因為校事在重慶，聽說一批新教授過渝，他便來旅館看我們。那時他的長髯還未灰白，態度非常謙和，一嘴順慶府話，我們聽去竟完全懂得。就是稱一個人為一「塊」人，初聽很覺得詫異，後來才知是土話。在我任教時，雖然同事，和他尚不相熟；相熟是我第二次到四川以後的事。表老的家庭非常儉樸，家裏一直不雇僕人，洗衣燒飯皆夫人自任操作。那一件長衫二十年都不曾改換，夏天來了，他一定又穿的成都那種席鞋。有一年，他老寫了一首〈自箴〉，屬我為它推敲，詩云：「立德立功在汝為，人生富貴一何奇。山移志定無愚智，水落痕殘識盛衰。老大寧遮日新路，憂患正是天助時。不須篇簡求箴訓，此語書之座右宜。」詩如其人，簡直一般的堅定，是欲易一字而不得的。

（50-06-30）

記張翔初

張翔初先生（鳳翔）今年該是七十大慶了。我記得二十九年二月十四日，在西安他的府上慶賀過他的六十壽誕。恰巧那時我路過西安。和翔老的老友李子逸一道。那一天，張宅很熱鬧，約「夏聲」的一班人如劉仲秋、郭建英等在演堂戲。翔老與我是初次會面，他作了一首〈水調歌頭〉的詞，當時我步韻奉和，就作為壽詞，可惜不曾存稿。後來在重慶開參政會時，又見到過他。翔老是個高大的個子，沉默寡言，我從許多陝西朋友處，知道辛亥年關中的光復，他是首功。雖然做了一任陝西都督，但他依舊是兩袖清風。他愛寫寫字，作作詩，所以與子逸翁很交好。解放以後，陝西省人民政府成立，他出任副主席；這回政協在北京舉行，他也參加了。他還是這樣的健壯，子逸翁卻已下世好幾年了。還有一位茹卓亭先生，這些年高臥魯橋，與翔老亦是至友，不知近況如何？有人說：海內工北碑的書家，要數他第一咧。

（50-07-01）

耍歌堂

廣東連陽三屬的八排傜人，每年有好幾個節期：三月三是「賽飯節」，六月六叫「賽神節」，還有便是「耍歌堂」，三年一度的，多在十月中舉行，這算是傜人最熱鬧的盛會。因為傜人都是好歌唱的，逢到這高興的日子，男女皆打扮起來，少年們一律用紅絨繩纏在髻上，又插著鴨雞毛，迎風招展著。婦人戴白布幗，像道公似的。婦人與少女分別在裙子上，少女多穿一條裙，還打了腳綁。婦人將裙子束作揹帶，揹自己的兒女。有錢的也有什麼項圈、銀環、戒指、首飾。那些因「耍歌堂」而結合的人們，這天以紅巾裹頭前來參加。「耍歌堂」多在山頂上舉行的，兩邊有小山坡，未婚男女各站一邊，遙遙的望著，首先由巫師領導，樂師在廣場中繞著大竹，樂師且行且歌，巫師打鑼和著。然後列隊到盤古廟，請出這些神像放在四方。全體煮酒歡飲，感謝神恩，此後少年們上山活動，兩個中年人開始「唱道理」，是以歌詞說明婚姻意義的，唱時身向後仰，雙手前舉，表示渴望。少年們接著照樣的唱，邊唱邊跳，向所傾倒的對象去接近，女方靜悄悄的望著。唱到夕陽西下時，她對於他表示默許，也就把預備好的手帕搭在他肩上，以為憑證了。兩人各稟明父母，便成立婚約。「耍歌堂」可以說是一種集體求婚的儀式。這在民族形式的婚儀中，是別創一格的。

（50-07-02）

牙祭

在我們做小孩子的時候，稱呼商人為「穿木裙子的」；因為他們站在櫃臺裏邊，那時必須吃過三年蘿蔔乾的飯，然後滿師，才成為正式的商人。當年那社會不像後來這麼奢侈，普通的店家每月只「當葷」兩次，就是一個月三十天，只有初一、十五這兩天才有肉類可吃。至多的逢三六九或一四七，三十天中也不過吃葷九天。這些日子是被稱為「當葷」的，正如四川叫做「牙祭」。我覺得「牙祭」這名詞很富有藝術性。我們進飲食必須用牙，經常都用的牙，而祭牙是非常的；唯其非常，牙祭才更有意義。一個人每餐都大魚大肉的在吃，久而久之，實在膩人，不如「少吃多滋味」。那些年在抗日戰爭期間，「前方吃緊，後方緊吃」，早為大家所齒冷的了。這不獨關乎社會風氣，對於人民經濟也是重要的。我認為定期「當葷」與「牙祭」，未必不是值得保存的好辦法。把糜費的、豪奢的「酒肉臭」底生活，轉移為注重營養的、規律的生活，在增進健康上，亦是很有意義的事。

（50-07-03）

跳花之俗

貴州苗胞有一種「跳花」的風俗，多在陰曆正月初四到十五之間舉行。花苗和青苗都有，有所謂「花坡」、「花樹」。花坡就是跳花的場所，又名花廠，設立在村寨附近的山嶺上，也有在山半，或平地上的；那花坡所在地的地主，叫做「花主」，他們多是一鄉最有權勢的人。花坡的地點，是有永久性的。在跳花以前，須先在花坡植木一株，長一丈多，這名「花樹」。此木在花期前一日，由花主導引吹嗩吶迎來種植，也以樹葉扶疏蓊鬱為佳，以盜自他人園中，被人（失主）詈罵為吉。各處花坡的花樹，有每年一易的，這視跳花之後，是否有迎接的而定。假使鄰近花坡的苗寨中，有不生育的住戶，他們願意大宴賓客，迎花樹到他家裏，花主一定很高興的允許，將花樹移了去；到明年花期另覓花樹。至於迎花樹回家的，砍它做成床板，夫婦睡在這床上，據說就可以生子了。這又是跳花風俗中附帶的一種迷信觀念。

（50-07-04）

造境助學談

當我在中學讀書的時候，是以數學成績不好出名的。後來有許多朋友會問我：「這也許是性所不近罷。愛好文學的人每每不愛這數學。」在他們有為朋友想出理由來解釋的意思，但並不能使我滿意。我曾老老實實告訴他：「我並非不愛數學，那為什麼數學成績不好呢？因為正在學習代數換幾何的當兒，我生了一場重的瘧疾。好兩月的病假把我搞成這樣。我算代數什麼一次方程式之類何嘗沒得過滿分咧。幾何在開端就沒學，基礎不好，自然每下愈況了。」因此，我的幾個大的兒女進中學時，我就注意他（她）們的數學底學習，於是他（她）們「跨竈」了。誰知又一個小兒子還在小學，他就愛畫畫，不愛數學，為著連乘法表都讀不上口，他的算學成績也就比「乃翁」還壞。這怎麼辦呢？我連忙和他的叔、嬸、兄、姐們商量好，替他佈置下了一個數學的環境。不管誰遇到他，就問：「七八是多少？」或「六九是多少？」在他的畫冊封面上，我為他寫了一張乘法表。使他的眼睛、耳朵，隨時接觸到數學，我一定要設法把他的數學興趣提起來的。

（50-07-05）

談名刺

從舊書中檢出好些前人的名刺來，大都是道咸間人的。有的一尺長，短的也有六七寸。這些字多半是他們自己寫的，翰林們的姓名，每字是核桃大；舉人就比較小了。這風氣始於何時？我還沒仔細考校過。不過，明人已是這樣了，因為我曾看見過明人的名刺，一張名刺用這麼大的紅紙，當然是一種浪費，然而他們常常在這上面寫信（實際代替柬帖），平常是以「護書」裝著這些名刺的。近四十年來，這種名刺已看不見了。代替這紅紙名刺的是白色硬卡片，所以改名為「名片」，名片上的字，多是用鉛字印的，也有的是石印。抗戰期內，由於卡紙的輸入日少，就有人以新聞紙，甚至土報紙印成一小本，每張上面打了孔，臨時抽用；這一本本的軟紙名片，似乎並未推行，又恢復白色硬卡片了。在那「競選」發狂時，名片店曾大大賺了一筆。誰還注意這些名片？接到以後，大都送進字紙簍裏去了。求如骨董似的舊名刺在這舊書中發現，亦不可得。談起名刺的沿革來，我們可以斷定：它是沒有前途的！因為在新社會中，實際上是不需要它的。

（50-07-06）

代字訣

寫好一篇文章，然後點去虛字，這是古文家的一個秘訣。另外還有一個秘訣，就是代字訣。什麼叫做代字呢？就是分明是天，不說天，說霄；嫌霄字還普通，又不如說穹。分明是地，不說地，說壤，或者再揀一個比壤字還要少見的字來替代。總之，把應當給人看懂的文章變成叫人不懂，這便是代字訣的妙用。古文如此，古體詩如此，甚至詞曲也如此。早十幾年前，我看過一本《鵲亭樂府》，那作者陸楙就是一位代字的能手。讀了一卷，只有三五句可懂，不知那些字面，他從什麼地方找來的？瞿安先生憤然寫上「鵲亭張樂，有此鴞音」八個大字，這樣不客氣的批評，怕是平生所少見的，實在讓他用代字代得太不成話了！善於用代字的文豪們有時連自己都不懂，這緣故是臨時「獺祭」來的字，有時自己也忘了，你說可笑不可笑！我有一位文友，他以學「韓」著名，他所用的字必出於「韓」，隨身帶著一部韓集。我有一次笑著問他：「我們穿的皮鞋，要雅一點，一定說是革履；不知道在昌黎先生文中說過這兩個字沒有？」他對這一個問題就無詞以對了。

（50-07-07）

這一年的成績

七月三日《亦報》刊載鶴生先生的〈盧冀野〉一文中，提到作者在上海時，曾看過拙編《南京文獻》二十四冊，他認為尚有可取。他說：「今見盧君近業，不僅抱殘守缺而止，亦將繼可園老人之後有所述作，這是很好的事情。」如此的期望、勉勵，頗使我感愧。我想起那兩三年，我實在沒有什麼成績，尤其在搜集、編校方面，沒有顧及到廣大的市民，因此出版物滯銷，只能供應少數小資產階級知識份子的欣賞，這是一種缺憾。不過，這一年來，南京文獻會雖然停止工作，我反覺得做了一點事情，第一：南京《新民報》在未停刊前，出了個《金陵風物》，我寫過不少文字，頗為社會所注意，小店員們很愛讀。在搜集方面，一位馬興安君（香煙業），一位朱慕湘君（布業），他們費了很大的氣力在訪求，常和我一塊商量、研究，不過十個月的時間，即以馬君論，收到的書稿已不下七八百種，皆是省衣節食換來的。又由於大家的興趣，組成了個「南京書會」，將未修的書版修了一些，並且印出了好幾部書來。我將所輯的三卷《金陵曲鈔》也刻成了，《南塘志》正在著手。朱君勸我作補《金陵通志》，我想趁著現在還有不少位耆老還健在的時候，多多徵採，能像可園老人那樣有空閒的話，早點開始編寫也是好的。

（50-07-09）

十分享受

有人自己以為現在夠苦的了，其實比起廣大民眾的生活標準來，他的享受還是不差的。

所謂苦樂，本來是比較性的，以過去的豪奢來與今日的本分對比，認為今日是清苦，那未免太可笑了。於是有人說：年紀大了的人不該給他再受苦，他從來未曾受過這樣的苦。假使他的話是對的，我以為現在倒應當吃一些苦，因為從前太享受了；年輕朋友現在吃一些苦，也許將來得到享受。正是已享受者，不妨再嚐一嚐平淡的生活味，未享受者多熬一下清淡準備他日再調劑。豈不兩下都「平衡」了嗎？我這說法，並非如佛教徒所說的因果受施；而是在幼年時聞先君之教。先君說：一個人只有十分享受，看你怎麼用法？你要少年預支了，晚年就不要再怨命！在少年時苦一點，晚年自然就多享受一點。因此，我們不敢在境遇寬裕時候過分安逸，而處境稍困時，也不見怎樣痛苦。懍懍於「十分」，不敢把它預支或透支；只想一分一分地應用。生逢這個大時代，更緊縮一點並不感覺如何受不了。雖然我是一個沒有資產儲蓄的人，但我始終承認應得的享受尚應存儲；不慌不忙的隨著時代前進，不敢叫一聲苦的。

飲虹（50-07-10）

回教的齋日

這個月（舊曆五月）是回胞們的「齋月」，在回教這是一個重要的季節，所謂齋月，也就是禁食節。他們在這個時期內，整天不進飲食，最虔誠的阿訇們，據說連口水都不嚥下去的；只是每天在月上的時候，才吃一點東西。每年的齋月不一定在這個月，按回曆是怎樣的推算出來，這我就不知道了。齋月的起源，我曾看過一本《齋功淺說》，現在已記不大清楚，彷彿重要的原因是為的衛生，沒有什麼神奇的傳說。那一年我在迪化，剛巧碰上齋月，每天當太陽落山時，聽到大毛拉門在清真寺的圓頂上，站在鐵製的新月之下，用一種淒厲的聲音在喊。我起初不明所以，問諸上人，他們說：「他一喊，表明這已是可以進食的時候了！」這在阿剌伯、波斯等國家，皆有同樣的習慣。我們老鄉劉介廉（智），他在回教中應該像朱熹的地位，那一部《天方典禮摘要解》中當有對於齋功的疏釋，可惜手邊無此書，未能查考。《可蘭》的中譯本，我只有王譯（聽說有數種譯本），雖然讀著很費力，但我很愛讀。老友達浦生先生曾邀我再譯它一次，至少要花三四年工夫，而且我自惟才力，不能勝任，至今耿耿於懷。

（50-07-10）

無鹽非醜女

在這個霉季，書箱需要打開，給風吹吹的。我無意在書箱中發現一部劉向的《新序》，這書還是早二十年頭裏看過的，我又讀了一遍。這一次的讀它，又覺得它的面目全非，不是舊時的模樣兒了。像卷二裏所提到無鹽的那一段，原文是：「齊有婦人，極醜無雙，號曰無鹽女。其為人也，臼頭深目，長肚大節，昂鼻結喉，肥項少髮，折腰出胸，皮膚若漆，行年三十，無所容入。」我年輕的時候，只覺無鹽是醜女，這幾句文章說得夠醜的了。然而從現代人的眼光看來，並不覺得她醜，什麼「深目」、「昂鼻」，不但不醜，而且極美，許多婦人目本不深的，鼻本不昂的，不是還化妝成深成昂麼？此外髮求其少，胸求其出，也是有的。至於皮黑，何嘗不是健康美呢？美醜且不談，初讀這節文，只著重它描寫醜的部份，把下邊一大段發揮「四殆」，最關重要的政治性的議論全忽略了。此文的作意，重心在此，並不在彼。她提出「四殆」，對齊宣王加以一番檢討，弄得齊宣王「掩然無聲，意入黃泉，忽然而昂，喟然而歎」。結果是「擇吉日，立太子，進慈母，顯隱女，拜無鹽君為王后，而國大安者，醜女之力也」！可惜這故事不像妲己、褒姒、楊玉環那麼流行，恰與那些成一對照；我們要做正面文章，倒可以搬上舞臺或銀幕的。

（50-07-11）

卡瓦的祭穀

雲南的卡瓦人（原來卡瓦兩字，是有反犬偏旁的，我將它取消了）就住在卡瓦山一帶，離薩爾溫江約八日的路程，他們不能如擺夷那樣進步，還過的原始生活。性格強悍，相貌很凶似的，談不上什麼文化，只是自食其力。他們圍的布，耕田用的鋤頭還是雲縣附近漢人假手邊界的土人轉賣給他們的。因為漢人不大敢到卡瓦人區域去。這地方土人的交易，卡瓦山以東通用雲南龍銀，山以西就用盧比了。卡瓦山種的鴉片很多，因此也有用鴉片煙換東西的。大概一二兩煙值幾塊龍銀，一斤豬油用八錢煙土也可以換到的。由於民性強悍，殺人的風氣很厲害，平日就動輒殺人，尤其到了祭穀的時候，殺人更多。因祭穀就用的人頭，臨時沒有人頭，便到對面村上殺一個，這很便當的。這樣，冤冤相報，也殺個不休。為著祭人頭還得殺牛，他們殺牛方法也怪：先把牛捶死了，連血、毛、皮甚至腸糞也一起放在鍋中煮，熟了就取來祭頭。祭了便分著吃，吃一塊割一塊，自以為最是美味，不覺其不潔的。至於那放在家中準備祭穀的人頭，一定候它發臭腐爛，再用泥土糊成一團，然後也割成一塊一塊，丟在田裏，這樣，今年的穀就會豐收了。而且祭穀是每年一次的。

（50-07-12）

五葉書與寓言

「賣瓜的說瓜甜」和「文章是自己的好」，這兩種說法，是有事實根據的。但是「如人飲水，冷暖自知」與「文章千古事，得失寸心知」，也不是全無道理的說法。就我個人講，胡亂的寫了二十年，自己認為愜意一點的，是印度寓言《五葉書》的譯文，底本用的是英文譯本，不知梵本的深淺如何，而英譯夠淺近的。寓言本身極古樸，一個故事套著一個故事，累積成無數的故事，實際五卷還是一長篇。其中與周秦諸子書裏的事例很相像，至少也是相近的。我參酌子書與佛經翻譯的筆調，將它譯成。我們和印度同是東方古國，如果要說東方情調的話，這類寓言就是十足的東方情調。我從事翻譯時，得楊憲益兄的幫助不少。憲益對莊子的「寓言」說法，就跟別人不同。他說：「關於寓言十九與重言十七，過去的人多以為十九的意義是十分之九，十七的意義是十分之七，這似乎太小看了古人的數學知識。莊子全文若為十分之十，其中如何能有十分之九的寓言，與十分之七重言。所以十九與十七皆為實數，我們因此也可以知道原本《莊子》當為三十六篇。其中十九篇是假借古人姓名的寓言，十七篇是假借相同古人姓名的寓言。」據此他把「鯤與鵬」、「堯讓許由」、「肩吾聞言於接輿」，一直到「儵忽與混沌」，一共三十六個題目，把內篇完全分配好；這一個看法是很有見地的。雖然《漢書・藝文志》著錄《莊子》五十二篇，也許其十六篇是後來增加的。

（50-07-13）

我們的春天

侃兒買了一本東北書店印行的蘇聯依里亞・愛倫堡的《我們的春天》譯本給我看。據《蘇聯三十年日曆》上載：這位愛倫堡生於一八九一年，是出身自莫斯科一個製造商的家庭。十五歲上他就參加了革命，因為散發布爾雪維克的傳單，被大學預科開除。又被逮捕住了一年多監獄。一九〇九到一九一七，他卜居巴黎，遍遊歐洲，他起初是從事詩作的，此後有五十多種著作發表。一九四〇年，他才永久定居於故鄉莫斯科。別的我沒遇見到，只見到他那獲得史達林獎金的描寫第二次世界大戰中法國戰敗的〈巴黎的陷落〉，據說他曾任《紅星報》戰時記者，所寫專題，為蘇聯軍隊所最愛讀的。他的近作有新小說〈暴風雨〉。在五年前《國際文學》英文版八月號中，有麥斯荃氏的〈愛倫堡論〉，稱他為「名副其實的蘇聯作家」。這一本《我們的春天》一共二十九篇，都是戰時的寫作，前面幾篇寫的是希特勒的嘴臉，大半為戈寶權兄所譯，如〈頓河在召喚〉、〈我們的箴言：前進〉諸篇，皆極生動有力。愛倫堡的筆調是夠深刻的，例如寫貝當，他說：「大仲馬有一次說到一個七十歲的風騷女人：他決定會成為羅馬尼亞貴婦人，或一個馬賽的騙子的情婦，清白的它的庇護物——年紀。但是貝當已經證明了：一個人在他九十歲的年紀，還能做一個娼婦，為世間的財富所引誘，一隻腳捆在墳墓裏，在死前一點鐘還出賣他的靈魂……」這寫得可謂淋漓之至。他在《我們的春天》的結尾說：「前進吧，朋友們！這將是一個暴風雨的春天，艱苦的春天。但是這春天將一定是我們的。」愛倫堡是這樣一個堅強自信的人。

（50-07-14）

扇話

天熱了，扇子一刻都不能離手。通常用的是蕉扇，我認為越大越好；出門多帶摺扇。提到摺扇就有多少考究，扇面上的字畫，你替我畫來我為你寫的，一年總要有好些日子忙於這「扇頭藝術」。至於扇骨，什麼檀香的、文竹的、磨工、刻工也是要費選擇工夫。因此我雖有十來把摺扇，卻常用杭州舒蓮記的一把黑油紙扇。團扇無論紗的、紙的，多年沒有使用了。只有從四川帶回來的一柄梁山的竹扇，這是用細篾條編製的，有時偶爾也取出來搖搖，似乎它比蕉扇還輕。其次，要談到羽扇。我是愛羽扇的，不獨白雪雪的鵝毛，深灰色的鵰毛，牙柄也好，木柄也好，長長的緩慢的搖來，另有情趣。怕已是民國十二年的事罷？我有次往松江去省父，先君便給我一把鵝扇。我搖到上海，有天晚上喝了酒，在電車中我又贈給了郭沫若先生。這把鵝扇，我想他一定不會保存到現在的。又在四年前的今天，我在喀什噶爾趕「巴札」，從一位維吾爾販子手中，買了一把扇，回來後用紙包著掛在壁上，一直捨不得使用。我雖愛羽扇，而並不愛用羽扇，我只拿它當作骨董般看待的。

（50-07-15）

史詩何在

勤孟兄在本報談到「史詩」，說我一定知道得很多；誠然，這問題的確是好多年來我所關心的。雖然講不到知道什麼，我卻有我的看法。不獨為著《奧德賽》和《依里阿德》，曾引起我對於「中國何以沒有那樣史詩」的疑問；就是印度也還有《大戰書》跟《遠遊書》。據梁任公先生說：〈孔雀東南飛〉是受了〈佛本行贊〉的影響，它產生的年代大是疑問。不過，依我看：〈孔雀東南飛〉只算是中國詩中比較長的一首，似乎還不能說它是史詩。北朝的〈木蘭辭〉，比它還短。什麼中唐的元白長慶體，甚至清代吳梅村那種作法，有一點敘事的意味，究竟夠不上史詩的條件。我認為中國沒有史詩有兩個原因：一是史學發達得早，與詩分途（不像希臘的古史即在史詩中，又不像印度的宗教與詩合一）。一是詩外有一種「賦」，賦可以鋪陳事蹟，此中國詩所以貴抒情，而賦的系統後來演變為俗賦（敦煌發現得不少）、小說、戲劇去了。因此中國不曾產生什麼史詩。早二十年亡友吳碧柳要寫一部名「三萬六千」的史詩，分大禹、孔子、孫中山三段，將以六言寫它。史詩未成，碧柳已逝。聞勤孟現在的建議，有能著手的，這倒是碧柳的知已了。

（50-07-16）

倒霉

賀方回的詞：「試問閒愁都幾許？一川煙草，滿城風絮，梅子黃時雨。」用草、絮，和這季節的雨三樣，形容閒愁之多。的確，「黃梅時節家家雨」，這梅雨是夠連綿不絕的，可是江南在梅雨的期間也正是霉季。照說，黃梅也就是黃霉，霉起來到處有一層霉衣。書籍字畫需要給風吹一吹，日頭曬一曬，否則由潮濕而霉爛。衣服跟器物都如此，又不獨紙片為然。在小暑的後兩天是「出霉」，如果在小暑前下了雨，俗諺說：「雨打小暑頭，黃霉倒轉流。」有「倒霉四十天」的說法。出著太陽落著雨，四處都是濕漉漉的，這「倒霉」滋味更其難受。我們平常不是常說「倒楣」這句話吧，寫這門楣之楣，借用坍臺的意思，假使寫作「倒霉」，用倒霉來象徵那霉爛的心情，豈不更確切嗎？有許多慣用的詞頭，我們現在重新思量一下，有許多是最妙於形容的，「倒霉」也是其中之一。今天小暑（七月八日）不幸又落了雨，我希望我們心情不隨著氣候倒霉才好。

（50-07-17）

記：茹卓亭

茹卓老（欲立），聽說已就任西北人民監察委員會的副主委。此公已多年不出山，據陶峙岳將軍告訴我：當駐軍三原涇陽一帶時，常去看茹先生，知道他困窮已極。但老先生看書作字，不改其樂。好朋友送一點米、煤給他，有時他還接受；外一點的人這樣做，他是要生氣的。這樣他住在魯橋家裏很久，此次居然出來為人民服務；想著他那白髮盈顛，炯炯兩目，雖然年紀已老，但心情現在轉少年起來了。當年他在南京，也住在門東小膺府，許多找他的人，把茹盧兩個字音讀不清楚，常常找到我家來。那時我跟卓老尚不相識。不久，他辭了官，頭一天才交卸，第二天米就不能下鍋，這真是當時少見的事，豈獨少見，簡直是絕無僅有。抗戰後在漢口，我才相熟，他為著一言不合，從此便不再出，家居怕已有十年了罷。到陝西去的人，回來說到卓老，總說他已是隱士不再問世事，然而這一回畢竟還是出來了，這是多麼可喜的一個消息。

（50-07-18）

磨刀記

我在南疆，到過兩處打刀出名的地方：一是喀什，我看喀什人幾乎每一位都帶著刀，外有皮製的刀鞘，約莫一尺來長，隨時用它割羊肉或剖瓜。一是庫車，說起庫車的刀，就摩登得多了，樣式彷彿洋刀似的，刀口可以關合起來，另有刀扣，掛起也比較方便。這兩處的刀究竟哪一處的好？我是外行，不能妄議。雖然，我在每處都購買的，那庫車刀不為我所重視，因為它沒有什麼特色。而喀什刀，我始終珍惜著。我常常用它裁紙，可是孩子們又拿它去刈草，刀鋒漸漸鈍了，刀尖也有些捲起了。於是我決意送到刀鋪去磨它一磨。南京鐵作坊的刀鋪最多，我送去磨。起初並不為鐵工所注意，磨好了，他送來還我，他說：「這可怪了，這刀是沒有鋼的，這鐵也不是尋常樣子！」我說明這是新疆貨，他認為平生所未見。在這次磨刀中才使此刀為內行所驚異，足見尋常被埋沒的東西太多了，不遇知者是沒有法子的，此馬必伯樂，才能相賞於牝牡驪黃之外的。然而這刀好不好呢？鐵工也許因為我不懂，不對我「詳言之」了！

（50-07-19）

獸棋

這又是我們小孩子時代的舊遊戲了。一種叫做「逍遙」的，是圖畫，畫有十二畜之類的。用骰子擲，照點數目數過去，你是龍，我是虎，各有彩可拿。放上一個號碼，然後再擲，龍又成了猴，虎忽降為狗；有獎有罰，取了最高的彩就可以出局。遊戲方法未免太簡單，不過這種遊戲能引起兒童趣味，比神話似乎還切實些，可以增加兒童對於動物的知識。「怎樣可以使這圖更複雜一些？」我也曾思考過，想將它改進為一種含有教育性的玩具，只是沒有什麼成就。最近看到孩子們在下一種「獸棋」，這頗使我感到興趣。我跟他們也下了一盤，但這種棋仍然不能使我滿意。因為這兒只有獅、虎、狼、象、豹、貓、狗、鼠八種獸。鼠可吃象，狗可吃貓，這兩點是違背事實的；又只有鼠可下河，獅、虎可以跳河，象反不能下河，這也是我認為有問題的。兩方各有陷阱三道，獸穴一處，一定要填滿陷阱才可以直搗獸穴，如此勝局是不能常有的。結果多亂拼亂吃，兩方把八個子弄光為止。這沒有什麼意義，更談不上教育性了。即以遊戲而言，恐怕還不如軍棋好玩咧。

獸棋是好的，但這辦法還需要要重新改善，不然，還不如那舊時的「逍遙」了。

（50-07-20）

綽號

在四十年前，我們都還是小孩子時，就愛代人起綽號，這是受了舊小說的影響。覺得一個人多應該有個綽號，這綽號的來源多半取此人的特點，往往你起出來，我修改，他訂正，彷彿經過了民主評議，才予以確定的。至於王胖子、李鬍子之類，又不在綽號的範圍之內了。一個禿頭被稱為「電燈泡」，那才算是具有綽號意義的。在小學校讀書，對於教師幾乎每一位都替他確定了。有位先生眼睛經常在開閉著，於是叫他「喳巴眼兒」；又一位先生愛說「於是乎」三字，率性就叫他「於是乎」。從小的同學後來遇到，彼此互稱綽號，來得分外親熱，可是此調不彈久矣。最近學校放了暑假，我的子侄在家的有十三四個，我將他們的名字，常會叫錯。可是他們的容貌、形狀、性格、習慣，我倒非常熟悉。我忽發奇想的，分別代起了一些綽號。有個侄女嘴最快，我起的是「駟馬難追」，形容她說話的快，對她也有教育的意味，要她發言前多加考慮。還有個侄女，身體矮小，我起的是「拏雲手」，這是相反的，但預祝她將來長成那麼高，在心理上彌補她的缺陷。這些孩子們已能推行，只有我的一個小兒子，我起的是「小強盜」，經他抗議，要我換，現在是還要重新擬議的。

（50-07-21）

馬陵爪

南京所產的西瓜，有一種叫「馬陵瓜」，是枕形的。馬陵，也許就是明馬后的陵，這些瓜是以黃瓤為最好。後來居上的是中山陵的陵園瓜，大都是洋種，花皮紅瓤，產量較馬陵瓜大得多。我已好多年沒有吃馬陵瓜了。還有一種香瓜，是屬於甜瓜一類的。在新疆，叫甜瓜做「可烘」，如哈密瓜、華萊士瓜都類似，不過南京的香瓜形體較小，俗諺：「香瓜甜似蜜，茅廁在隔壁。」吃了容易瀉肚，我們從小不敢進嘴。西瓜，維名「塔烏絲」，另有小瓜蛋名「忌裏厭」；塔烏絲通常多是紅瓤。雖說西瓜產自西域，新疆的西瓜並不比江南的好，也許還不如北方的德州瓜咧。甜瓜的確是新疆第一。哈密瓜雖以哈密著名，據土人告訴我，因為當年進貢是從哈密啟程的，並非哈密所產特佳。南疆也許比北疆的好。華萊士瓜是蘭州的最好。我的瓜量不小，一次可以吃十斤重的瓜一個。南京人稱西瓜為洗腸草，有的人不肯把瓤吃下肚的。我最愛喝西瓜汁，常常把瓜邊上的瓤擠成了水，用碗盛起來。有的人家還拿整個兒西瓜裝菜，照冬瓜的盅樣式做成西瓜盅；那枕頭樣式的馬陵瓜，就不大合用了。

（50-07-23）

空籠

夏天的蟬聲、叫哥哥的聲，圍繞在我這柴室外面。有時使我厭煩，有時也覺得怪娛耳的。自從小水關人送了兩個麥稈編成的蟲籠，掛在房門口，天天命孩子們餵菜葉，平添不少野趣。蟬聲入伏以後，不大聽得見了；只有這叫哥哥一腔一板的，有時還在叫。我埋頭在窗下，看看書，寫寫字，有時並不能分心去欣賞牠的歌唱。最可笑的是籠依然在掛著，孩子們依然在餵著菜葉，今天忽然發現叫哥哥已棄籠而走了。牠何時走的？籠是什麼時候才空的？沒有一人曉得。空籠相對，我有時還以為牠在叫，這未免太可笑了。細細考察這籠底，有兩根麥稈開了口，牠要走是並不費事的。孩子們認為可怪的，是既然有菜葉餵牠，何以牠還要走？我說：「照你們的話說，既然有籠給牠住，牠為什麼要走？有菜葉給牠吃，牠為什麼要走？原因很簡單，無非為是牠回到了原野，可以自在的吃草，自在的跳躍，自在的歌唱；在叫哥哥是認為更舒適的。」我對著空籠，不免惋惜，為著不使孩子們失望，將籠子再整理一下，再買兩個叫哥哥放在裏面。赤日炎炎似火燒的天氣，讓叫哥哥放縱地叫叫，據竹床而聽，這也也是消暑的一法。

（50-07-24）

優莫的故事

晉之優施，楚之優孟，還有秦之優旃，他們的語言遺事，差不多早成了中國戲劇史上的珍貴材料。沒有優伶就沒有戲劇，現在是叫做藝人了。那幾位藝人的貢獻不獨在藝術，也在政治。我從《新序》卷六中發現了一個趙之優莫，這是以往不曾提及的。道：「趙襄子飲酒五日五夜，不廢酒，謂侍者曰：我誠邦士也。夫飲酒五日五夜矣，而殊不病！優莫曰：君勉之，不及紂二日耳。紂七日七夜，今君五日！襄子懼，謂優莫曰：然則，吾亡乎？優莫曰：桀紂之亡也，遇湯武。今天下盡桀也，而君紂也，桀紂並世，焉能相亡？然亦殆矣！」寥寥幾句話，已夠幽默的了。第一，他用紂飲七日七夜的酒，來比襄子的五日五夜；第二，天下盡桀，襄子是紂，不獨諷刺襄子，也諷刺了那所處的時世了。第三，「然亦殆矣」雖只四字，但有餘味，又有力量。這位優莫是不在優施、優孟、優旃之下的。後來晚唐、北宋的滑稽戲常常假借戲劇的形式，非議當局；王觀堂先生輯了一卷《優語錄》，像這幾位的故事，總算黃幡綽、張野狐之先聲了。

（50-07-25）

一勞未能永逸

庭前的亂草紛披，孩子們提議將它拔除掉，並且說道：「這是一勞永逸的事。」我聽到，便笑起來了。我對億侄說：「怕一勞未能永逸罷。」他很愕然。我說：「勞動的習慣是值得養成的。但不是『一勞』就算了的。如若『一勞』，那便是『徒勞』，你們不是常說『徒勞無功』麼？今天勞動，明天勞動，要永遠的勞動下去。只要你們一知道勞動，一經勞動，藉著勞動才可以安逸；這句話，我現在是這樣解釋了。你們可懂不懂呢？」億也笑了，他說：「這樣解釋我還不十分懂，伯父舉個例罷。」我指著草道：「你們拔這草，我問你這草還長出來不長出來呢？」他點一點頭，道：「要長的。」我又說：「今天你們拔掉它了，明兒它再長，你們怎辦呢？」他說：「再拔呀。」我又笑了，說：「好了，這你們就懂得了。不是今天一拔永遠就了的；但是只有這一個拔字可以永遠解決這一片亂草。所以說一勞未能永逸，也只有一勞才能永逸。你們千萬不要把『一』字當作一次講！不然這一勞豈不成了徒勞啦。」億說：「伯父這意見好，很可以寫下來。」他們開始去拔庭草去了。他們這樣愛勞動，當然也頗使我高興。

（50-07-26）

袁世凱的詭智

袁世凱由於劉銘傳之薦，到了朝鮮。吳長慶看他年紀還輕，當然不肯重用他，只給他一個「差遣」名目。他的工作相等於後來的巡邏隊隊長，每天帶領弟兄在街上巡查。有一天，有兵勇在一家戲園子鬧事，他前往彈壓，誰知道有幾個兵勇蠻悍不講理，不受他責斥，他勃然大怒，便把滋事的兵勇，拉出戲園門口，立即斬決。此事傳入吳老帥的戎幕，朱曼君（銘盤）便說：「袁世凱是何官職？他竟敢殺人！」吳招了袁來問他，袁說：「這幾個人不是我殺的！」吳說：「怎樣不是你殺的呢？」袁說：「我按照老帥給我的大令行事，大令上不分明說無故滋事者斬嗎？這些人是老帥殺的。若說大令是假的，我領罪；大令不假，這責任我不能負！」這一番話為吳幕另一幕友張季直（謇）所讚賞。當時，吳對朱曼君說：「你不是認為他官職小麼？這事，我有辦法。」第二天，便擢升袁世凱為軍法執行處長官，居然就是知府班子了。從此他就被重用，以他那種詭智，漸漸在朝鮮也就橫行霸道起來。那戲園子才是他升官的階梯，梅開先生的〈袁世凱與朝鮮〉一文中未述及，因錄之。

（50-07-27）

袁世凱與六安

袁世凱怎樣會入吳長慶的幕，往朝鮮去的？這一段因緣，我們從不曾知道的。據王孝楚兄告訴我，他的發跡由於六安。孝楚是六安人，故能知道詳細。他說，當袁大少在項城被族人斥逐後，他就找到祝姑爺處，祝住城外，他每日捧著畫眉籠和一般浮浪少年廝混。祝和劉省三（銘傳）是親戚，這一天，到城裏劉公館去吹大煙，被省三看見了。省三對人說：「慰廷一表堂堂，相貌很不錯，該有出息的；可惜抽上了煙！」袁聽到，故意劈了煙槍，摔了煙燈，裝做發奮的樣子，去找省三，痛哭流涕的說：「省老是我的長輩，我聽長輩的教訓，敢不愧悔；以後望長輩隨時提攜我。」省三一聽，大為動心，便留他在公館內住。答應替他鑽路子。又一天，看他在書房內讀書，一問才知道他正閱讀《三國演義》；省三說：「慰廷，你對三國時這些人物，最佩服哪一個呢？」袁知道人人是說諸葛亮的，他偏不這樣說；他道：「講才具、講氣魄當然曹孟德第一。」省三說：「對的，你的眼光好！」後來對人說：「袁慰廷眼光不差；看罷，他終竟是有出息的。」於是便薦袁入吳長慶幕了。

（50-07-28）

脈經

中國的醫生第一學習的就是切脈，《脈經》只薄薄的一本。所說的是遲（遲寒）、疾（數熱）、巨（宏大或強）、細（弱）、平（和平）、浮（風）、沉（濕）、滑（痰）、有根（佳）、無根（死）、久（氣血足）、暫（不足）十二種。經學家汪士鐸就說：「吾輩非不能讀也，亦非吝此切理之晷刻也。……然其至無準者，各人不同。如余平脈在人則為細，任階平師平脈在人則為宏，室人平脈在人則為疾，亡友高雲卿平脈在人則為沉。故余之脈俗工名曰六陰。然則必先知其平脈（平脈人人不同），而能後知其病脈，今病時始診其脈，烏能決其為病也！」照汪翁所說「切脈必先要知道那人的平脈」，那麼切脈就不足為憑了。近代經師如廖季平、章太炎（不管今古文家），他們都很自負醫學；而前輩這位汪梅村就對於切脈根本懷疑。我想：並世的儒醫對此定有意見的。在科學的、醫學上解釋起來，是不是每一個人的體溫、脈搏會有什麼差異呢？是不是必先知這個人的平時底常態，而後才能診斷他的病狀呢？這些細細想起來，未嘗不是值得研究的問題。

（50-07-29）

喝馬乳

重慶是屬於病牛區的。我們住在重慶，有個時期不大喝牛乳，而用羊乳來替代。有人就不愛喝羊乳，雖然它比牛乳來得細；我雖喝羊乳，但久喝羊乳每覺得不如喝牛乳習慣；我也明知牛羊乳差不了多少的。到了新疆以後，喝馬乳的機會就多了。尤其在廟兒溝野宿時，馬乳比茶水喝得多。我曾寫那艾林郡王蒙古包生活道：「入門馬乳三杯，一包七日相陪，四壁和闐錦被；欠身長跪，無言只合唯唯。」主人敬了馬乳，你要不喝那未免太失禮了。不過，馬乳之難喝，不是一般人所能想像到的。要作一個比方，只有紹興酒的滋味和它相近。它比紹興酒酸，熱度溫溫的，有點刺喉，要大口的喝，喝多了又一樣的會醉。我平日能喝紹興酒八斤十斤，可是不能喝馬乳一袋。新擠下來的馬乳，更不敢多喝。我相信多喝馬乳可以壯健身體，可以增加氣力。我們喝一口馬乳，立即感覺到一種「力」；這與喝牛、羊乳的情調，也就迥然不同了。牛羊乳可以不用喝字，馬乳卻非喝不可了。

（50-07-30）

醫風

中國的醫道，往往因醫生的天資不同，而處方有差異。因此葉天士、徐靈胎這般人的故事，有時近於神話，被傳說得活靈活現的。最近客死香港的南京名醫張簡齋先生就是屬於這一類。張先生原名師勤，今年已七十歲了。他的父親厚之，本是業醫的，一生不大得意；到了簡翁出道，他愛自出心裁，也不墨守經方，似乎又不完全是時方。他有時膽很大，敢於用大劑，將最危難的病，一下就扭轉回來。中年以後，聲譽鵲起。尤其在抗戰時期，他懸壺重慶，幾乎病家沒有給他先治而死的，認為是遺憾。只要他診過，那病不得好，也就算了。他每天只規定很少的時間在門診，他坐在案前，左右各置一脈枕，各坐一學生執筆開方；他兩手分別驗兩人的脈，口中報藥名，分處兩方。這種醫風創始於他，後來有很多人仿效他的。他一生看過不少奇特的病，用奇特的方子治好。我曾勸他保存下這些「案方」來，可惜不曾這樣做，不然是值得供給醫學者研究的。他又熱心公益，早年設立的「志成獎學金」，和後來的「歸厚獎學金」，以這獎學金培植過不少青年的學業。

（50-07-31）

宰予晝寢

幼年在家塾裏讀《論語》，很感興趣的有「宰予晝寢」一節。那時只覺得宰予這姓名太怪了，宰予兩字的意思就是「殺我」，因此這節書極便於記憶。後來漸漸發生了疑問：「孔夫子未免太會生氣了，學生不過睏一睏午覺，何至於罵到朽木和糞土之牆呢！」看到毛西河《四書改錯》，就很同情「晝」應作「畫」的說法。本來「寢」字是指臥房，猶之壽於正寢的寢，是名詞；當作動詞用起於何時，我雖不能妄斷，但在那時卻是用作名詞的。宰予高起興來，在臥房中牆壁上畫了幾筆，孔子便勸他不必浪費筆墨。這跟舊說就大不相似了。再後從胡承譜《隻塵譚》上看到說宰予之死的討論。舊說他是死於田常之難的。楊龜山便提出異議，他認為既然宰予附田常，誰得而殺之？使其為齊君而死，那麼宰予又有何罪？是時死者有闞止字子我的，怕因子我誤為宰我了。洪景廬說：《孟子》載三子論聖人賢於堯舜，疑是孔子歿後所談，足見宰予並未死於田常之亂。確因宰予（字我）跟子我字相涉而誤。宰予被注意是為著名字，死因之易被誤傳還不是為著名字的緣故。

（50-08-01）

未熟的瓜果

我們吃的飯，有時遇到飯米是夾生的，儘管很餓，簡直就吃不下肚去；必須把它再弄熟了，然後才能果腹，否則這夾生米飯放著豈不可惜！夏天吃西瓜，也常有這種經驗，因為急於嘗試，剖開來一看，是一個「葫蘆」（南京人叫不熟的西瓜做葫蘆），大為掃興。賣瓜人卻都很內行，有時會指著這瓜告訴你：「這個瓜，最好放一兩天，可以保證味道一定更好。」對於熟了的瓜，他便說：「這瓜滿好，不要留，再留它就瘻了。」當然熟沒有熟，用指尖彈一彈也會知道的。不獨瓜如此，其他果實，也有一進嘴，覺得它還沒有熟，如桃子柿子之類；隨即將它用糖漬起來吃，也有用鹽醃了再吃的，還有拿酒來泡的——這些皆補救未熟果子的辦法。總之，最好等它熟了再採；既然採下來覺得它還沒熟，能等一等來吃它也好；吃它而知道它還夾生，那不得不想出方法來調製一下。無論是瓜是果，似乎都不必丟棄的，霉爛了的橘子可釀酒，吃過了的甘蔗渣尚可煉糖，有的尚可造紙，能做到天下無棄材才好。未熟的瓜果也不應在毀棄之列的。

（50-08-02）

太平軍中「兩司馬」

太平天國有幾個謎似的人物：一是洪大全，有的說確有其人，有的說是揑造的，甚至把他跟洪秀全混為一談。一是錢江，有的說他參加過太平軍，有的說他不曾和洪楊發生過關係。說他參加太平軍的，並認為他曾任軍師，或說曾任大司馬，或三法大司馬。說他是軍師當然毫無證據。大司馬和三法大司馬，太平天國從來就無此官制。他們的官制大體根據周官，如春官、夏官之類。軍事編制上有名兩司馬，這地位很低，不似古代的司馬與司徒、司空同列三公。這兩司馬誠如少史氏在《金龍殿》第一回第五節裏所說：「兩司馬是正司馬和副司馬。」地位相當於後來的排長或連長，他們的卒長相當於後來的營長團長，旅帥是旅長，軍帥是師長。兩司馬所以名「兩」因有正副。張德堅的《賊情彙纂》中講軍制，有曰：「正司馬吉添順，副司馬汪萬青，書使陳萬順，伍長譚大福。」司馬聯語是「司廿五人，威風無敵。馬二三匹，行走如飛。」雖說規定二十五人，但「前十三軍前營前前一東兩司馬」統下的連「牌尾」六人，就有三十人。如認兩司馬是一個人，那就錯誤了。

（50-08-03）

扇頭書畫

柳絮先生說到兒子為父親寫扇，怕是史無前例。其實並不，此例倒是有過的，不獨兒子為父親寫，孫兒為祖父寫的都有。而且上款盡可寫作「父親大人命書」、「祖父大人命書」的。我還看到過三個兒子合寫一面，分作三段的；不過，這些多是楷書，行草卻不曾見過。反之，祖父為兒子、孫子寫的也有，款是「某某老人為某某第幾兒作」或「第幾孫作」。我有一家親戚，一位老太太會畫，她家的子侄孫男所用扇面多是老太太自己畫的，所寫款和上列的一樣，也稱「老人」；要不是那一派惲氏工筆的作風，直看不出是老太太畫的。說到扇頭書畫，比寫畫在平紙上難得多了。從前有人製一塊木板，用螺旋四個，將扇面夾起，寫畫起來就方便多多。現在誰還備置這玩意兒呢！然而寫畫扇面卻免不了。每年我也要寫許多把，大都隨便寫上潦草的行書，抄一兩首自己的歪詩，就算繳了卷。有一回，因為代一父執作書，寫了細行正楷。今年又一位老世叔就來點戲，一要夾行，二要正楷，三還指定寫邱處機《西遊記》中詩，我花了半點鐘工夫才完成這一個扇面。於是我也視為畏途了。

（50-08-04）

況蕙風改姓之怒

況夔笙先生是一個性情中人，有時很隨便，但有時又極認真。晚年他自稱是「惟利是圖」，一個人不能不吃飯，既要吃飯，就不能白替人寫字畫畫作文章。他這姓況字是三點水，有一回，有人請他吃飯，將況字偏旁寫成兩點水；他頓時大怒，不肯去赴約。朋友說：「那家菜做得好，何必不去吃一頓。」他說：「吃菜事小，改姓事大。」他絕不遷就的。最近，我有一位家叔在「革大」擔任秘書，同事的為了有事寫通知給他，卻弄不清楚姓氏，常寫作羅秘書；他心中很不高興，打算告訴那位同志：「我姓盧，不是羅。」但後來知道那位是姓王，有時寫作王，有時又寫作黃，那人從來不介意這個，於是他也不覺得什麼樣了！我將況老這故事告訴家叔，他說：「其實少了一點也不要緊，況老不必生這氣的！」少了一點，何嘗算是「改姓」呢？盧變為羅，這是改姓，現在故意改姓的人就很多，一時誤寫，當然算不了什麼！況先生在端方幕府時，與先師李審言先生處得很不好；李先生對他是很不滿意的，說他專將模糊或不易考證的拓片給他，留著容易訂正的材料自己用。那時代，文人在一起，常常會發生這種事的。

（50-08-05）

兩隨園

用隨字題作園名的，也許不止兩處；不過我所知道的，有兩處而已。一處是南京小倉山的隨園，袁子才是買了「隋」園，加以修葺、補築、添置而成，沿隋字而改為隨。這位老頭兒有時也信口開河，說他這隨園便是《紅樓夢》中大觀園的所在，這真是無稽之談。早年我看到過「隨園圖」，從圖中望去，此園似頗缺乏天然之勝，跟後來的愚園是一類的。它雖毀於太平天國戰役中，本地人或者並不甚覺得失去了它，有什麼可惜。另一處隨園是陝西羅賢的。他所自記的隨園是：「余闢地誅茆，偶有怪石，便疊為山。偶臨水，便濬為池。偶折柳，植而環之。有草不除，落花不掃，讀《易》其中。喟然歎曰：隨之時義大矣哉。隨地而安之，亦隨地而樂之。孔子曰：樂在其中矣。遂自號曰隨園云。」他不像袁老兒那麼誇張，只覺得他隨隨便便經營成了這一個隨園，沒提到建築物；我們當然也不曾去看過，然蕭疏野趣，在字裏行間流露出來；我終認為羅的隨園並不在袁的隨園之下也。我也並非貴遠賤近，對於袁老兒築隨園的一筆資本，是不是用我們南京的地皮或南京人的血汗錢？我頗懷疑。

（50-08-06）

段祺瑞的父親

段祺瑞在政治舞臺上露頭角，是出於劉銘傳的提拔。段是合肥籍，後來他雖曾和段芝貴拜把子，但芝貴是黑龍江巡撫段有恆之子，是少爺出身，跟段祺瑞大不相同。段祺瑞的父親叫段配，在縣衙中任捕頭，有一年到六安去辦案，走到太平集被仇家所殺，他的屍骨便埋葬在那兒。祺瑞自小孤苦，在麻埠代人家放過牛，劉銘傳看上了這苦孩子，送他到小站，這已是袁世凱練新兵的時候了。隨後賈芝山送他入將備學校，一直到跟蔭昌赴德國學陸軍，從此一帆風順，後來就成了袁世凱的繼承人，做了北洋軍閥的頭子。他的性格智謀，多少受點父親的遺傳，雖然他父親只是個小捕頭，要沒有一點手段，也不會結下仇家來的。迷信的人說：因為葬地的風水好，所以才有這飛黃騰達的兒子；其實與其說風水，不如說遺傳。他的父親位卑職小，只結了一個仇家；他地位崇高，反與人民大眾結下怨恨。一個仇家尚且要段配還了血債；人民大眾對於當年天安門事件之類的血債，又豈能寬恕？

（50-08-07）

百合

百合是南京特產之一。我愛百合，和愛河南懷慶府山藥一樣。鍾山腳下的野百合，尤其覺得可口，倒不是因為它能治「鼻衄」，味苦苦的，苦中發甜，越覺得它的味道厚。夏天除了瓜藕，通常人家愛喝綠豆湯，百合湯比綠豆湯容易煨，只消將百合瓣在水裏汆一汆就行；綠豆還需要相當的時間才能煮得爛。有的人家用百合炒芹菜吃，那種吃法，不如喝百合湯。前者鹹味，後者多少要加一點糖。據中醫說：百合是去肺熱的。我為著愛吃百合，曾經學習種百合的法子。畫家們也會選百合花為題材，其實百合本身如蓮瓣似的也可入畫。過去，我曾有作「百合譜」的計畫，因資料不足而止。今年百合每斤售七百元，而綠豆一升要三千元，比較起來百合要便宜了許多；而百合銷路反不如綠豆，這理由我始終想不出來。固然百合的產量遠不及綠豆，種百合的也因為一向銷路小，不肯種。但是論滋味，蓮實與百合亦近，而蓮實又比百合來得名貴。這也是我常常為百合抱屈的緣故。

（50-08-08）

馬祥興的轉變

南京在未拆馬路以前，每一道橋上面有橋棚，必有一種好吃的東西，如內橋頂上的雞絲麵、南門橋頂上的罐子肉、新橋頂上的燻豬肚皆是。橋棚拆掉以後，這許多「名食」也多半跟著完了。只有南門外長干橋下的回教館馬祥興，大走其紅運，這二十年來居然成了著名的飯館。以製美人肝（就是炒鴨胰白）、鳳尾蝦（一隻蝦前半是蝦仁，後半保持著蝦尾）、蟬衣白菜為最著。一時傳說它還是明代的館子，冒鶴亭老人就曾問過我。我說：「也許明朝和尚是吃葷的，不然何以將這館子開到報恩寺中來？」（因它地址在報恩寺界內）胡小石尤其說得妙：「恐怕我就是明朝人，因為開設馬祥興時，那第一塊招牌就是我寫的！」聽到的人無不呵呵大笑。我們在後方時，聽說它家馬二老闆在湖南死掉，怕馬祥興早已關門了。回來以後居然發現他還活著，店還開著，不過新蓋了一座大樓。名聲越大，菜也越過越貴了。解放以後，聽說美人肝等也沒有人吃了。

（50-08-09）

記：王陸一

本報所記王陸一的「筍任」、「恩科」一聯，是從王湘綺的「更無齒錄稱前輩，幸有先科步後塵」變化來的。他生前這一類的玩意兒很多。替褚民誼所作的寶塔詩：「踢，太極司馬懿，點點滴滴，其愚不可及，風箏蜈蚣蝴蝶，穿馬靴打拱作揖，（八字一句已忘記），博士論文全憑兔陰說。」頗為時人傳誦。朋友們跟他開玩笑，叫他「王七」，六加一是七，又含有幾乎王八之意。前我報說及他是于右任之婿，這是錯誤的。他的岳丈是于鶴九，關中一位老畫家，兩于同姓不宗。陸一初娶于於，于歿後，繼娶周沛霖；在湖南時，與一楊女士有過一段羅曼史，曾生一女。我勸過他：「四十歲是人生事業的緊要關頭，過此再荒唐，這人必不能有所成就！」他笑說：「我已是到了尾聲，再荒唐一兩年就算了。」其實那年他已是四十歲了。在蘆席營他蓋了一座住宅，題名「長毋相忘齋」。他死後，朋友們給他編印過一本《長毋相忘齋詩詞鈔》，那一些遊戲文章都不曾收入；論陸一的才情，還是以遊戲文章見長的！

（50-08-10）

對《近代詩存》的意見

文席先生在七月三十一日本報記述樂天詩社籌輯《近代詩存》，對於此事，我倒有一些意見。第一，「近代」的斷限不甚清楚。陳石遺的《近代詩鈔》，是以自己所及見的人開始的（祁□薄）。如以這三十年間的作者論，應題名為「現代」，說是近代至少要從近百年起，未免太遠了。第二，《南社詩選》是集團的詩選，限於「南社」，不能引以為例。過去有人批評陳鈔，尚且認為福建人作品太多。現在僅僅準備五百家，一萬首；掛一漏萬，勢必難免。第三，操選政的應該自定標準及凡例，儘量搜集材料，萃為一書。如一任作者自選，則全書定成拼湊；雜亂無章的，又如何見存詩之旨？早幾年林庚白有《今詩選》之擬議（例目具見開明書店出版的麗白樓詩附錄中），不過才幾十家，然而他那選本的用意很明顯。樂天詩社既有此計畫，何不成立兩個委員會，一專事搜集，一專事選訂，要能顧及四面八方，毋使有遺珠之歎。一編訂定，也要能表現出這一代的詩風。這工作值得做，但有審慎必要。

（50-08-11）

佛見喜

從山東肥城的桃，聯想到河北遵化的梨。在黃河流域產梨的地方不少，各種各式的梨，各梨的味道當然也不同。我的朋友董佩實曾任遵化縣長，他說起一種叫做佛見喜的梨，形狀如北京的小白梨，但水分極多，用嘴一吮吸，那梨皮立即全脫了。何以得此名的呢？由於同治年間，將它貢進清宮，西太后那拉氏非常愛吃，曾問「這梨叫什麼名兒？」梨本無名，那位大臣藉機拍太后的馬屁，回奏道：「此名佛見喜。」好像太后老佛爺一見了它就高興起來的；於是佛見喜真個成了它的名字。梨中別種如「木獸子」（六月初才上市的，一種黃皮的梨，味澀而肉老）、「黃金段兒」（較嫩的一種）、「雪花兒」，皆有奇趣；這些「銅頭鐵把兒」（南京人對於梨的通稱）的名目來得個多，然而如「佛見喜」的巧致，在其他果類也不常有。又字是諧「離」字音，因此頗有忌諱，人家初婚的少年夫婦是不肯兩人分吃一個梨的，怕從此就分離了。至於將梨塊煮成了湯，儘管分著吃，也就不去較計了的！

（50-08-12）

馬蠲叟改創智林館

蔣蘇盦先生自西湖定香橋來書，問我可能「冒暑一征，消受南湖水佩風裳否」？他家那蔣莊現在正給馬一浮翁設立智林圖書館，庋藏書籍板片甚富。馬氏所主持的復性書院，原來在蔣莊的斜對門；書院結束了，這智林圖書館是由書院改創的。我記得復性書院初立，是在四川嘉定的烏尤寺，除了刊行馬氏講學的筆錄，還有手訂的《儒林典要》和《群經統類》。那幾輯的《儒林典要》是宋元理學的叢書，比《正誼堂叢書》來得精要；而《群經統類》，關於《易》、《詩》、《春秋》三部門刊出不少名作，《書》、《禮》等似乎還沒有刻到。

我一向不大看理學書，因為《儒林典要》的印行，使我得接近宋儒著述的機會。馬先生自己的詩，也由書院刊印出來，用佛經典故者多，一變早年學選體的面目了。他的書法，也自成一家。我雖跟馬先生不熟識，但朋友中和他認識的人很多；他現在已移榻蔣莊，蘇盦頗以「得共晨夕」為樂，可惜我畏暑，不能一聞馬翁玄談，為可憾耳。

（50-08-13）

飼養員

華弟跟我談起：過去新四軍第四師有一位飼養員，他從井崗山起義開始給紅軍餵馬，一直餵到大別山。第四師長彭雪峰因他在革命事業上是有貢獻的，要調整他的工作；但他要求還餵馬，他說：「我餵馬餵了二十年，我自信還能勝任愉快；除了這，我幹別的工作是幹不好的。」彭師長於是叫他除了餵自己所常騎一匹馬外，擔任巡視所有馬匹的飼養；算是一個總飼養員。華弟說：「他也算是一位司馬，倒的確『司』的是『馬』；他那種服務的熱忱與負責，很值得我們學習的。」意在言外：絕不要小視這飼養員！可惜記不起他的姓名了。據說至今這位還餵著他那馬。我想：歷代的「司馬」就職權講，無有再小於他的了；就是太平軍的兩司馬，還統帶著二十三人；然而雖然也只一馬相隨，能搞了二十年，依然熱心的去「飼養」，他的持久的毅力，已極可佩；何況經他飼養的馬，又曾在革命中建功多次呢！

（50-08-14）

哀紅豆館主

溥西園（侗）跟溥心畬（儒）兄弟倆，我都認識；說起來算共過事，可是認識他們卻不因此。心畬是恭王奕訢的次孫，而西園是隱志郡王奕緯長房嗣子治貝勒的第五子，自號紅豆館主。雖然他也寫字、繪畫，論成就卻在戲曲；京戲方面的造詣，似乎又不如他在崑腔上貢獻多。他跟我一位姑丈甘貢三先生很要好，在前些年，他就住在南捕廳甘家。他唱《長生殿》的〈彈詞〉很出色；尤其《四聲猿》中的〈漁陽鼓〉，唱起來極動人。他於場面、身段，都內行精到；雖然唱時喉音有些沙，但越發覺得蒼涼悲壯。這一位故王孫的身世，也不能說不夠悲慘，他終年鬧窮，搞政治都是逢場作戲，然而大多為他聲名之累。聽說這兩年在上海，挾著病還在教戲，藉此自活。他今年約七十三四歲。妻妾三人，只妾還在；子七人，有的已參加革命。他那位女兒毓崎（字書田），原在水利會任職，今亦不知何往？見訃告，知西園已在滬逝世了，他身後的蕭條是可想見的。我有了空暇，打算譜一套數輓他，可惜訂譜的曲友都不在這兒，不然紫霞曲社為他開一個追悼會，大可在他靈前一試新聲也。

（50-08-15）

讀廣陵潮

長夏無事，借到李涵秋的幾部小說來看，藉消暑晝。像這《魅鏡》、《好青年》、《怪家庭》、《戰地鶯花錄》等，早年都曾看過的；尤其他的代表作《廣陵潮》，在初刊印單行本時，就讀了的。不過當時匆匆的閱讀，不曾推究。在三十年後的今天看來，我覺得涵秋的小說不無可取；而《廣陵潮》不如吳研人《二十年目睹怪現狀》、李伯元《官場現形記》之被人注意。若論譴責小說，他此作是不在吳李之下的！他言情處學《紅樓夢》，描寫學界中人，又學《儒林外史》；寫私塾、寫科場、寫茶館飯店，皆能曲盡清末那種社會的情形。有些人物應該是有模特兒的。但為著想博讀者的一笑，不惜弄成「言過其實」，以至於「不近人情」。由於取揚州為背景，多少帶些地方性，非揚州人也許有些感不到興趣，然而文筆之生動曉暢，又不像《九尾龜》那蘇白，使人不好懂。在那年代，它之所以能獲得較大的讀者群，不是無故的。雲麟型的青年，那時就很多，如紅珠、小翠子是那種青年的理想。而明似珠式的文明婦女，就寫得太「過火」；令人難於置信。若是捨短取長，《廣陵潮》亦不失為一部好小說的。

（50-08-16）

交還給大眾

聽說「新樂府」將於秋涼後和蘇灘合作出演；這是很使我興奮的消息。鄭傳鑒君說：崑曲脫離大眾，以致搞到衰落地步。言下頗慊慨繫之！我認為曲體的產生正是由大眾中間來的，現在將它交還給大眾是應該的。所謂「崑腔」，這名目在明代隆慶萬曆以後才有，吳梅村詩：「里人度曲魏良輔，高士填詞梁伯龍。」魏梁兩位究竟是曲中的功臣或罪人？此話本不好說，然而使它脫離大眾，這兩位要負全責。曲的初期（在金元那時代），最富有民謠風，音節本極自然，而魏氏給它加上「增板」，三眼一拍的重複起來；梁氏那一派濃豔的文章，又填將上去；於是只好供江南的士大夫欣賞。詞不詞，曲不曲，變成一種四不像，使生機活潑的曲成為呆板的東西了。所以我一向反對唱生旦曲子，寧可唱淨丑；又與其取南曲，不如取北曲。「新樂府」要演《西廂記》，雖與我意見不盡同，但總比唱《還魂記》、《長生殿》好多了。我認為真要交還給大眾，就得新編幾齣戲。可惜在今天能製譜的人太少，不然，在曲史上早已又重開新頁了！

（50-08-17）

幾個打譜的好手

談到崑曲的復興，我們不能不知道它最大的困難在能打譜的人太少。從前此事要推劉鳳叔（名富樑，嘉興人），他搞了一生的曲譜；霜厓先生在日，極佩服他。還有一位王君九（名季烈，蘇州人），即《集成曲譜》的編訂者，近年有《與眾曲譜》的發行；現在聽說到北京去了。崑山吳粹倫，不知道現在還健在否？他也是一個名手。他好像在兩江優級師範學的是博物，然而幾十年的工夫卻用在曲譜上。後起的有丹陽程虛白，他為我的南劇《窺簾》製過譜，同樣的擅長南曲。霜厓先生第四子吳南青老弟，在他們看來也許認為不守繩墨；他時時掩蔽不了創造性，愛耍花色，但於北曲的譜，他倒極熟悉的。一支曲到手，必認清這調子的主腔何在？每一個字的聲音能辨別得清楚，前後照應周到，使這一套曲成為有機體，血脈貫通，聲情與字性符合；這些都是打譜的必要條件。第一，從多唱入手，多譜也是需要的，因為這才有經驗。南青對新音樂也還內行，他們覺得他不「純淨」，不知道「不純淨」正見得他能「創造」，我希望他在這新時代裏，有貢獻他才力的機會才好。

（50-08-18）

談同期

「同期」這兩個字用蘇州腔說起來，好似「銅旗」的聲音。這是曲界的一句術語，就是約定了日期舉行曲會，曲友一齊來參加。有鑼鼓，排次序，定節目，按著生、旦、淨、丑，一個個的清唱起來。唱罷開酒席，大啖一頓，或則輪流任主人，或則公攤會份。後來由於經濟困難，有吃不起酒席的，改用茶點；在蘇州有「湯包同期」的說法。在南京，早年是仇淶之一班人，在「地方公會」舉行同期，每月至少四次。後來紫霞曲社成立，借公餘聯歡社地方，有時每星期多至二次。紅豆館主溥西園是其中最重要的人物。至於蘇州道和曲社等，同期的風氣，盛於南京。無錫也有，上海也有。西園逝世，如今當推徐凌雲先生為魯靈光殿了。穆藕初雖然熱心提倡，似乎在曲藝上比起溥徐來就差了，不過，重慶曲社的組織，完全由於他。當日走觀音岩花紗公司辦事處門前過，只聽裏面一片管笛之聲，他們也許天天在舉行同期的。北京早幾年也有曲會的，枝巢翁即其中之一人，這些時沒有聽到消息。說到曲界的同期，就令人想起京劇的票房來；票房是不是源出「同期」？我不敢武斷；然而票房能如同期一樣有秩序的，倒不多見。

（50-08-19）

太平天國的錢幣

泮池書店主人張舜銘，拿著一個太平天國的銀錢來給我看；錢有二寸多長度，圓得像一塊餅，一面是「太平天國」四字，背上橫刻「聖寶」兩字，所可怪的是上方注一個「御」字。字是宋體，極工整。羅爾綱所著《太平天國金石錄》的「貳」就是說的錢幣，他並不曾想到這一種。他只說：「太平天國大錢世多贋品。」他曾見過背上刻「東王府」和「西王府」的，還有兩旁刻「復漢滅滿」四字的；他說：「太平天國錢幣所以稱聖寶者，以財歸上帝，不許私有也。今刻『東王府』、『西王府』，則為東西王所私有，顯與太平天國制度不合。至『復漢滅滿』字樣，乃白蓮教之口號，吾人在太平天國文書中從未見此語。」我對「復漢滅滿」的錢，不敢妄論。從注「御」字的錢看來，我覺得注有「東王府」、「西王府」的，不必是贋品；反而證明當時錢幣由這三處發行出來的。還有一種「平靖勝寶」，背注「右營」或「後營」兩字的，也足見「私有」並非不可。天國錢幣有銀錢、青錢、大花錢三種；銀錢很多是罕見的，那時咸豐正在發行當百大錢，天國流通大錢也是可能的。我請舜銘將它拓印出一份來，供朋友們研究一下。羅氏根據他所有那個大錢，疑心錢上的字是天王手書；這兒的大錢既然是宋楷，怕未必出老洪之手吧。

（50-08-20）

茅臺酒

茅臺村在貴州遵義縣，應該說是川黔兩省交界處。在黔北，並非黔南，哪裏會靠近滇省呢？這村中的井，是屬於一位姓華的。用這井水釀出的酒，清冽可口；自從茅臺酒出了名，酒糟坊一天天多起來，華家也分出兩房。真正的老牌是長房，主人華問渠（即文通書局老闆）一直住在貴陽。那年我為著飲酒跑到了貴陽，恰巧貴州禁酒。問渠費了好幾天工夫，為我覓了一甕七八年的陳茅臺，我也不辜負他的好意，一晚喝了一斤多。問渠笑問我：「你看這茅臺何如？」我說：「飲了這酒，始知天下假茅臺之多！」他說：「此後也沒法再找到，只能這一次了。」外邊人只看準這酒罐，其實這同樣的裝置，還有川南的郎溪酒。後來「愛人堂」把所有的酒都裝了罐子。以貌論酒，未為知音。茅臺真正的好處，在醇，喝多了，不會頭痛，不會口渴，打一個飽呃，立即香溢室內。假的如何能辨到呢？關於在水中洗腳事，問渠也說過，這井並未受到嚴重影響，只是陳釀已盡，此後惟有新酒。一切酒都是越陳越好，茅臺豈能例外！寧蒙說起茅臺故事，遂使我想起它來，所幸戒飲已三年，絕不會因談它而流涎了。

（50-08-21）

東北去

國立東北師範大學張德馨副校長，持著而復的信，到南京來邀我去長春任教。以我這樣經常的一百九十五度高血壓的人，實在憚於跋涉。不過，在中國就是這山海關外地方，我沒有到過。長春以前又是偽滿的「新京」，要搜集偽滿的史料，那兒多得是。華弟拿「既可觀光新民主主義較正常的秩序，亦可進行切磋，結合新觀點，提高已有文學歷史素養」這套大題目相勸。說得我動了心；大兒女們幫著促駕，並慫恿老妻隨行。十天以來，全家幾乎拿我這旅行做中心話題。醫師為我檢驗了身體，認為可以去；還有朋友送來一些關外的風景照片。這樣一來，大有非去不可之勢。張先生已到北京，催我上路，路費也寄來了。這幾天老妻已在為我整理行裝，檢點書籍。大約一月後的今天，我一定置身在白水黑山間。想起二十年前，我準備往瀋陽去；恰巧九一八事變發生；這一筆路債，在二十年後來償還，這是當時所不能預料的。

（50-08-22）

學者竇爾敦

只要讀過《彭公案》小說，或看過《盜御馬》京戲的人，當無不知竇爾敦者。在舞臺上給予他那一種臉譜，一個火焰，表示性情暴躁凶狠；自然談不上什麼學問、計謀。而事實上他是顏習齋的再傳弟子，李恕穀的及門高足。紀曉嵐《閱微草堂筆記》但說他是「獻縣大盜」，似乎還不曾詳細知道他。在明末北方學者推孫顏李為三大師，他們都是高尚其節，苦志力行，以圖復明的。孫夏峰晚年避地河南，在九十歲時重訂《四書近指》，把孔子思想武裝起來；與習齋、恕穀的「四存」學說不盡同。然而恕穀講六府三事也是文武兼習的。我友錢髯在〈遼海小記〉中談：「其及門弟子竇爾敦，賦性俠義，尤擅武藝，見諸實行，以結納綠林豪傑，殺盡天下贓官為職志。」他認為明末毛文龍被袁崇煥所殺後，部下一派如孔有德、尚可喜、耿精忠皆降清；另有一派，不降清，不投明，在山海關外，打家劫舍，劫富濟貧，開「紅鬍子」（即響馬）之先聲。另有一派，便入關了，竇爾敦即是這一支；他是以學者身份參加行動的，你若認他為強盜，那便上了清廷反宣傳的當了！

（50-08-23）

雨中泛後湖記

後湖本古桑泊地，在明代是放魚鱗冊的地方；因為北邊接近太平門，有很多人認為可供軍用，太平天國時代張繼庚勾結清方江南大營，就準備由草船中伏兵從這兒進來的。在我們小時候，湖的中心在湖神廟，櫻桃還遠不如蟠桃有名；可是近三十年，後湖的面目全變了。現在談南京的風景，當然後湖第一，甚至有人說它比西湖好，我每年至少要來十次，來必打槳。前兩天，家鄉幾位老前輩聽說我將遠行，特在環洲的淵廬為我祖餞。恰巧那天下了大雨，八十四歲的韓漸儀先生一早就去了，七一翁伍仲文先生邀我乘三輪車冒雨前往。湖上老戶聞風而集，從他們口中才知道現在沒有蟠桃的緣故，因為這些桃樹已逾齡，不再結實了。今年湖上的收成特好，這是指「荷葉蓮蓬藕」講的（這五字在十八日的本報上有人徵對，它用「筮篌笛管箏」來對它的）。盤桓了半天，大家已是散了，漸老說：「既到湖上，不能不泛舟。」我陪著他祖孫倆在湖裏繞了一圈，回城時，已是八點鐘了。

（50-08-24）

談「懊惱歌」譜

在高陽先生處，看到徐子靜先生的《萬古愁曲譜》，頗使我高興。這「萬古愁」一名「擊筑餘音」，長沙葉氏和沔陽盧氏都有刻本。一向傳說不一，有說是歸玄恭（莊）作，有說是熊魚山（開元）作；至於傳鈔本尤多，每本都有特色。我也藏了一本，與葉盧兩刻多有出入。子靜翁將它改名〈懊惱歌〉，並加「賓白」，好似吳藿香喬裝問影那套曲子有兩本一樣。不過〈萬古愁〉非正式北曲，作者隨意寫上幾個牌名，這些牌調不在南北十一宮調之內的。子靜先生採用北曲方法來打譜，當然也不是正式北曲譜；每段（有本不著牌名，只是十七段）無主腔，譜者更可自由發揮他的本領，所以它更可愛。霜厓先生前為《紅樓夢》中「開闢鴻濛」那一套加上工尺譜，方法與此略同，所不同者，他用南曲集曲的理論，把每句分配好；論律度是對的，然而不能如〈懊惱歌〉之活潑，也是這個道理。我希望高陽不獨將它重加裱褙，最好能印布出來。因為這一類的譜，比謝元淮《碎金詞譜》用崑腔唱宋人的詞有意義多了。

（50-08-25）

改戲詞

高陽先生給我看〈懊惱歌〉曲譜，其中有許多改詞的地方：如「盤古」之作「盤皇」，為著古字是上聲，不如「皇」字平聲來得嘹亮。我說起上聲是平聲字的「加腔」、「翹起」，頗為在座的許源淶先生所許可，認為發未有之秘，我是不敢當的。文人詞客改動詞句，為的求聲律之美或詞藻之美；不像現在著重在思想，只要意識正確。至於□□□□□□□□□□□□□嘗不改詞，為的是順嘴好唱，他不管通不通，更談不上美不美。所以「馬能行」、「地平川」這些詞頭，都成為習見的戲詞。其實「馬能行」以外「能行」的就很多；除了木馬，還有什麼「不能行」的馬呢？「吃酒醉」不說「喝酒醉」，更不說「飲酒醉」，照文理講應該是「喝醉了酒」才更通。唱的如此唱，聽的照樣聽，兩下並無窒礙，只因他們認為還是技巧第一，其□□□□□。崑腔有牌調關係，修改更不易搞好。實際上一本傳奇和登場時已不盡相同，刪節的至少一半以上，不獨字斟句酌的改動一些字句而已。源淶先生對改戲詞方面許多意見和我頗相近，很希望他多寫出來給友好商量。

（50-08-26）

編註：此篇由於少掃描一行，以致缺字。

崑戲並非地方劇

崑戲不是地方劇，正如京戲不是地方劇一樣。它是綜合的，包括了多少腔調：像吹腔（即囉囉腔）時曲之類，也像京戲包括了徽腔、梆子、四平調之類。又它們的成長不似地方劇直接從民間來的，地方劇代表這地區的地方性很濃厚，而崑戲京劇並不如此。相傳魏良輔訂崑腔時十四年不曾下樓，經過水磨般的功夫，所以又叫做「水磨腔」；越是這樣打磨，越是離開了大眾。這是指曲樂方面說的，還有文字，第一就是「唱反切」，明明一個「滾」字要唱「孤恩渾」，講究什麼字頭、字腹、字尾，於是變成蚊子叫，一片嗡嗡聲；至於文謅謅的堆垛一些詞藻，還在其次。我在北碚時跟傅心逸領導的漢劇隊合作過，創了一個「元明曲樂訓練班」，送了十多齣戲給學漢劇的來學。我認為處置崑劇有兩個絕不相同的方法：一是整個不改樣，像骨董一樣保存它，在博物院附設一個小劇場來演它。二是恢復元劇精神，儘量交還給大眾，和別的戲劇一樣的改造，我近來是主張走第二條路的！

（50-08-27）

笛王

在十五六年前，我住在上海，常有一班朋友在一起，當時流傳一句笑話：「舊文人愛在南京路新雅，新文人愛在虹口老新亞。」每天午後都有非正式的茶會。在我這一起中又有可分三組，一是詩文的朋友，一是書畫的朋友，一是曲友；曲友不一定要在「新雅」見面。有幾次在嘉業堂小主人劉訢萬家中聚會，《青鶴》雜誌主編陳甘簃也是其中的一人。那時我初認識許伯遒先生，他是大家所推為笛王的。我還不知他是海昌許氏，原來和姬傳、源淶皆是昆季行。這一回和他再見，聽他又吹了笛，可惜用的不是當日的笛。訢萬唱了〈天淡雲閒〉，振飛唱了〈趁落霞孤鶩〉，姬傳還唱了新填的〈貨郎兒五轉〉一支，準備插入《柳毅傳書》的。笛王對於下三門（即淨丑所用）是不常吹的，手邊又無譜，我想「漫拭英雄淚」一下，也就無法「赤條條來去無牽掛」了。燈下重溫舊夢，二十三日這個晚會大有意味。

（50-08-28）

評彈中的插諢

勤孟兄邀往仙樂書場小坐，聽了幾檔評話彈詞，我頗有劉佬佬進大觀園之感，與上海數月的睽違，沒有料到書場會興盛到此地步，這倒是個奇蹟。張鴻聲說的是大書，他正在講《英烈》，從胡大海的鬍子說到一切的鬍子，滿座笑聲時起，連我也要掀髯而笑。打上一句上海話說，他真是「噱得來」！此外幾位的彈唱，每節不過唱二三段，有的還只唱了一小段，不過七八句而已。通常是在「說」，而噱得越多，喝彩聲也越多；照舞臺上術語說，這些都是插諢。我始終認為插諢過多，千言萬語的譏嘲，不如一兩句話的幽默。諢的本身要與評彈的正文有關連，插的地方也有問題。我從前愛聽楊派說書，譬如康又華說《水滸》（按：康有聲於鎮揚諸地，擅說《水滸》），儘管說李逵的板斧，這一雙斧可以說半天，使人分不出正文和插諢來。而每在筋絡處，丟一兩句「冷語」，使你回家以後，偶然想到，才歡賞不已。當時只覺得它「雋」，越想越有意味，絕不會弄個滿堂彩，而一出書場，聽者什麼也帶不回去。我對插諢很注意，似乎插諢並不是噱，也許噱頭說不上什麼諢，隨意隨時的插，也未免太耗費諢語了也。

（50-08-29）

聽唱開篇

在馬如飛開篇流行的時代，我沒有予以注意；因為它不能代替散曲，那時散套清唱的機會雖不多，總還是有的。前天，我第一次從電臺播音中聽到嚴雪亭先生唱的開篇，他唱的是陳靈犀先生新作的「賈寶玉」，和另一不知作者的「孔方兄」。這兩隻開篇的唱法大不相同，前者能於規律中變化，時有陰聲羼入，非常美聽。想來嚴先生對於文學有相當素養，所以會掌握此作的情調，恬適婉和，字情聲調，頗能諧協。後者突梯滑稽，用一嘴紹興口語來唱，有好些地方，頗能令人噴飯；這應該也是新開篇。開篇的境界一天天的開拓，簡直要奪散曲之席。起初我始終認為地方性特重，照今日情況看來，不久就要打破區域的限制了。可惜像嚴先生這樣的歌者之少耳。歸來得詩一首，錄之作結：

宋詞元曲因時異，北鼓南彈各擅長；

聽罷開篇成一笑，寶全未必勝嚴（雪亭）楊（振言）。

（50-08-30）

吳語

近來我有點「開篇癮」，好多朋友認為怪事。「你對於蘇州話能全聽懂麼？」常有此問，我每點點頭回答他們。也許不能全懂，十之八九是有的。固然因為蘇州籍的師友多，主要原因還是在蘇州住過。不是民國元年，便是二年的春天，我全家住在蘇州齊門外東匯，我跟了一位親戚（也是蘇州人）讀書，開窗對河，那捕魚的水鴉船，一隻隻的行過。我埋著頭念書的，這時一定抬眼注視，發好半天的楞。那位親戚先生一定提起嗓子來說：「勿要呆！」這「勿要」兩個字，他的發音是讀作一個字音的。此光景已隔了近四十年，在我還如目前一樣。每聞吳語，輒憶兒時。不過住得不久，始終蘇州話講不好；講雖不行，聽還是行的，就是這個道理。

（50-08-31）

說丑

何謂「丑」？丑者，好也。明初解釋戲劇腳色名義，都是用的相反相成義。分明是最熟悉的，叫做「生」；分明在夜裏打扮最美，叫做「旦」；又分明臉上畫得最髒，還要叫他做「淨」。無論生旦淨只能作戲中人口吻，只有丑可以說自己的話。舊日梨園行在習俗上最貴「丑」，不像妝旦的連戲箱上都不准坐。相傳唐玄宗在梨園中自家配過丑角，所以於丑特別推崇，此話未必可信。然而丑是由「參軍」演變而來，這是不成什麼問題的。中國戲劇的形成有兩大主流：一是唐代的歌舞，一是宋代的滑稽戲，丑角接受滑稽戲的遺產最多，就是李可及、黃幡綽、張野狐輩，已是丑角的濫觴了。不過後世才分冠巾丑、武丑、大丑、小丑等名色罷了。

（50-09-01）

蟋蟀盆

姜白石的一首〈齊天樂〉詞，詠宋代小兒女在井邊草底捉蟋蟀的光景，讀之極感興趣。而我從小就沒有玩弄蟲鳥的經驗，對於蟋蟀的鬥法、養護等皆無所知，更談不到捉了。偶然在一真兄處，看他那孩子正在捧著一個蟋蟀盆。他說：「連盆連蟲花了一千元買來的。」按價值來說，這真不算貴！蟋蟀的名色很多，什麼「二尾子」、「白米飯」，尤其是「紅頭大將軍」才最為出色。當時玩蟋蟀的雖不如賈似道半閒堂中那樣考究，然而揚州鹽商的氣派仍然存在。單說那個盆兒，雕琢之精，瓷質之細，加上小屋宇、小水槽，有的還堆著小山、小亭臺、小人馬，簡直像個盆供。又留下一片小廣場，給紅頭大將軍來作戰場；那一隻拿舐草的手一定也是戴金戒指（因為那時還沒有鑽戒）的。這種富人的玩意兒現在也漸漸的簡化，一千二千元連盆都可以買到，不能再說它貴了。

（50-09-02）

談黃天霸

在京戲《惡虎村》中演出黃天霸的「絕義」，殺死盟兄，逼死盟嫂，為江湖上人所切齒，就是沒有正面予以制裁，旁敲側擊的指斥他，已是夠瞧的了。《施公案》小說裏又替他湊上改名「施忠」的一節，他的奴才相完全活畫出來了。槿翁告訴我：「鄭孝胥在小孩子時代，常常披著長衫，右手捉住小襟，跳上方桌，揚揚的叫道：吾乃黃天霸是也！」他小時候就愛上黃天霸，無怪一生只是甘心做滿清奴才了。《施公案》的主角施仕綸，是施琅的兒子，分明是鄭成功的部將，來了一個窩裏反；又分明是漢人，一定要投入漢軍旗當旗人，越發令人討厭。黃天霸投了他，真是奴才搞到一道兒去了！當我看到演「落馬湖」黃天霸暈倒時，我心裏常覺得他這一甦醒，又要救回施仕綸，反而是一件多餘的事。

（50-09-03）

《思凡》的原本

《思凡》是什麼戲？說起來好似就是崑劇之一；其實，它並不是崑劇。我們都知道它是《孽海記》中的一齣，但又誰看過全本的《孽海記》呢？這齣戲實在是一個問題，好多人問過我，實在無法答覆。我們看到的除《綴白裘》本，此外便是班子裏的傳鈔本；好像有人談過它見於《僧尼共犯》。演和尚的戲現在不存了，剩下演尼姑的這齣，下面還有僧尼結合的收場。是否可靠？因我不曾親眼見過，不敢妄論。至於《思凡》作於何時？從來也無人談起。我認為不是明末，便是清初。黃方胤的《陌花軒雜劇》有類似這樣的題材，例如《淫僧》便是。它是以黃作為藍本的呢？還是黃氏見了《思凡》而後才作《淫僧》的呢？這頗值得注意。總之，同情僧尼的煩悶，才會有這樣的作品。作於明末的可能性，似乎比清初還要大，因為當時那些山人們才會體會這些事情的。

（50-09-04）

油條

半年沒有到上海，天一秋涼我就來了。的確，上海比從前繁榮多了。早晨我吃到兩尺長一根的油條，使我想起北京的油果兒，未免覺得那個太寒傖了。一根也只賣三百元，比南京一百元一根的，也許有五倍大小。在國內旅行，無論到任何地方，我們最容易接觸的就是大餅油條。上海這樣長大的油條才配稱做油條大王而無愧咧。說起油條來，與我們南京也有一點關係。此物一名油炸檜，據說這「檜」字便指我們的老鄉秦會之而言，恨他反叛國家民族，為金人作虎倀，於是拿麵條在油鍋裏炸，藉此洩憤。油條是不是始於南宋？我沒有考究過，也舉不出宋人吃過油條的例子。然而，過去物價波動的時候，油條最足以代表「行情」，百物一加價，油條跟著漲；較長大的油條只要一減縮體積，象徵著又要漲價！漲則大，大而小，小而大，大又漲。但從來不曾有過今天這樣長大的。由這油條，我們已可知道上海已是正常的繁榮了。

（50-09-05）

關於陳友諒的傳說

在元末群雄中，張士誠是個了不起的人物，關於他的傳說就不少。可是說到陳友諒，也有一些故事，據說：當宋濂在常熟一家富戶住著的時候，有一天，有一位男子牽著兩個孩子來，自己說是個賣文為活的人，上下古今的和他談了一陣，覺得他很淵博；尤其擅長是關於兵法方面，宋濂簡直回答不出。請他作詩，他說：「我每首詩要值二十金。」主人允許照例奉贈，他立即就寫了一首；詩甚俊拔。宋濂說：「文章又怎樣呢？」他說：「每文要一百金。」主人又照例送了他，他援筆立就，文不加點。請他吃了飯，他招呼宋濂道：「我賣文是假的，這一百二十金一併轉送了你，何如？」他就走了，送到水邊，有舟師數千，前來迎接；這才知道是陳友諒。他因為聞宋濂的大名，想禮聘為軍師，故化裝前來，和宋濂見了面，曉得他不懂武略，所以也就去了。這消息當時傳了出去，全城大驚。這和《儒林外史》上敘朱元璋去訪問王冕一樣，是否事實？很可懷疑。分明一個漁戶出身的陳友諒，你要說他詩文如何好，這又何必呢？

（50-09-06）

雀糞

南京有著名的世醫兩位：一是三月前在香港作古的張簡齋，一是最近猝病逝世的隨翰英先生，他是鴻謨的第三孫，仲卿翁的次子，我家跟他家已幾世相交的了。他的長子在河大醫學院出身，正是我在開封教書的時候。雖然，他是世醫，但到了他手裏，已用檢溫器查溫度，診治的方法已很進步的了。他篤信科學，絕無迷信。今年元旦，夫人身上落了一點雀糞，她認為大不吉利；恰巧七月初一，翰英先生出診歸來，又被雀糞點染衣裳上，他自己心裏覺得惡嫌，不過才十五天，他在那天診了三十多位病人以後，忽然感到不適，長公子急為注射，只有十五六分鐘，便溘然長逝了。我由上海返里，聞訊急往弔唁，隨夫人對我說了雀糞的事，以為這不祥之兆早註定要出事的。我以前還不知道「雀糞」這種迷信的忌諱。然而據他公子說，一月前翰英先生恰在趕寫自定「年譜」的工作，斷至去年，剛巧脫稿。豈真在死亡之前果有「先機」麼？不然，何以汲汲為此不急之務呢？至於死後有什麼響動的話，這使我更不相信，怕是家屬們的心理作用吧？

（50-09-07）

焦大的罵

我於《紅樓夢》中人物，對晴雯和焦大是有好感的。儘管晴雯有些恃才傲物，那種輕狂樣兒，終覺得比工於心計的花襲人來得直爽些。而焦大那種愛罵人的脾性，我也認為是賈氏門中不可多得的人！陳靈犀先生寫了一支「焦大罵府」的開篇，他說：「焦大的腦子裏，存著濃厚的奴主意識；他醉罵的出發點是不正確的。」但同時也承認「讀了焦大醉罵一番話，無不感到十分痛快。」罵人本是不得已的事，在說不服時，只有罵；罵也未嘗不是「說服」的另一方式。焦大因為隨著榮寧兩國公經過許多事，眼見兩府的公子爺們如此不掙氣，再說些好話是無用的，他率性老氣橫秋的罵他們一番，公子爺們未嘗不感覺愧悔。可惜在那封建社會中，不能支持奴罵主的作風；對於他的抗議與指斥，在有正義感的人，仍然是要同情他的。此罵也，比那以罵人得名的劉四，似乎更有足取。

（50-09-08）

談：鐵公雞

《三本鐵公雞》是京劇中常演出的戲，不過這戲的一本、二本，我始終不曾看過。有人建議將向榮改用反角來扮，他應是小丑，至於那一位鐵金翅該是正生。我們可以說演述太平天國故事的戲，當以此為最熟悉。雖然，鐵公雞的情節，我們還查考不出；想來三圍天京前後，可能有此事，也許鐵金翅並不曾確有其人。鐵金翅是開臉的，本非抹白鼻子，上場白道：「老子鐵公雞」，用的是湖南口音，這非常之怪！這齣戲的重心，不在向榮或鐵金翅，而在那「忠心護主」的張國樑，演出的主角也是張國樑，對這位「奴才」張國樑是應該「改造」的；最好接著有走丹陽一段，率性結束向張兩條命，豈不更快人心！聽說《鐵公雞》已有改編了的，我沒有看見，不便評議；對於這舊本，我卻認為可議之處太多了。這倒不但在鐵金翅、向榮幾個腳色、服飾上，因為看過此戲，只覺得鐵金翅要了「假降」的手段，並沒有獲得什麼效果；對於向張的打敗，也不足喜。

（50-09-09）

孔方兄

聽嚴雪亭君唱彈詞中的「孔方兄」，起初我以為是開篇，經柳絮先生說明，才知道是彈詞的「篇子」；可是因此使我聯想到葉奕繩《灤函雜劇》中一折〈孔方兄〉。奕繩是明末清初人，他的散曲，我刻入《飲虹簃叢書》三集；那雜劇四種，振鐸收入《清人雜劇》。其中〈後庭花〉云：「天也是愛錢的，天錢星耀碧霄；地也是愛錢的，古錢塘湧浙潮；木也是愛錢的，楡錢兒春晝飄；花也是愛錢的，金錢花顏色嬌；馬也是愛錢的，金錢驄聲價高；豹也是愛錢的，金錢斑性咆哮；神也是愛錢的，擺金錢問六爻；鬼也是愛錢的，化紙錢冥路燒，文也是愛錢的，選青錢顯俊髦；武也是愛錢的，中金錢較射豪。」結果不叫「孔方兄」，而叫「孔方父親呵！俺只在膝前倚靠，俺把你椿庭哀告。」這樣的諷刺、憤慨，將他這位山東老鄉的直性子完全暴露出來。這一折雜劇和一段彈詞的「篇子」，有異曲同工之妙。

（50-09-10）

潔癖

清潔是需要保持的，但過分的講究，就便是從前小資產階級的一些人底癖好。像倪雲林跟趙買兒那樣，洗個不停，那真是笑話。他進城去看人，如周必先知道他有潔癖的，「凡燕室柱礎之間，必先洗滌，然後延坐」；未免太費事了。有一天，他母親病了，請葛可久來診視。可久是討厭他這潔癖的，等到落雨，然後出門，故意將他的白馬，用泥濺了滿身。雲林一看，心裏大不高興。迎進書室，可久又故意把他那些文具弄亂。雲林實在氣極了，對母親說：「不過因為望母親早日痊癒，我才忍耐對他；要是我自家病，寧死也不請他來診的！」將馬洗了幾天，才肯再用。更可笑的是：有富人請他吃飯，他看廚子端出菜來，他就要走；問他何故？他說：「廚子鬍鬚如此之多，菜必不潔，我既不吃，何必不走！」只有一件事我是同情他的：那楊廉夫脫一妓鞋，置酒杯其中，使座客傳飲，名為「鞋杯」，客無不大樂；雲林獨大怒，翻案而起，連呼齷齪而去。什麼「鞋杯」，實在太齷齪了！

（50-09-11）

裙帶風

陳蔭老跟我談起四十九年前下科場的舊事，他和石雲軒先生坐連號，他知道我也是石翁的熟人。他說：「雲軒的是奇人，有許多見解，在那時可以說驚世駭俗。他在號櫃裏忽然大發議論，講到帝堯，認為他政治手腕極高明，他把娥皇女英兩女，都嫁給了舜，為的是怕舜對自己不放心，這樣聯絡了舜，舜便心悅誠服的走自己的路子了。這兩個女兒，也負有監督之責。後世的政治家有多少學堯這一套的！」蔭老笑道：「雲軒這看法真怪！」我說：「是不是有託而云然？那時不是西太后執政柄麼？再說舜對於他那舅爺丹朱，是如何處置的呢？商均又是那一位母親生的呢？可惜石翁不曾多說。」那時蔭老才二十歲，就是那一科中的舉；最近有位朋友刻了一印章送他，是「五十年前江南一舉子」九個字，刻得很不錯。石翁過世已三四年了，我只知他精於岐黃術，於古史這樣有心得，我倒沒有曉得。他指出堯的計畫，開政壇「裙帶風」的先例，這樣的說法在當時確是大膽的。

（50-09-12）

家譜

我知道潘光旦先生是有收購家譜癖好的。我從前也愛翻翻人家的家譜，那時只注意它的「附錄」。如夏劍丞先生家的「新建夏氏家譜」，我從裏面輯出一本《蓮湖樂府》，我認為作者文範應是明代隆萬間人，因有「和陳大聲」之作。而譜中列文範為宋時人，況彝笙翁也說宋時不當有曲；我根據和秋碧南曲這一點，當然是更確實的證明。這已是十五六年前的事了。此後，我翻人家的家譜，又注意到「世系」了。

雖然修譜是封建社會中的工作，然而在研究「優生學」或「氏族制度」的時候，家譜仍然是主要的材料。我家本籍是鎮江千棵柳村，三十年前曾修過一次譜；我對於此譜認為缺點很多，打算從西遷起，重修一部《金陵盧氏家譜》。自乾隆年間開始遷祖始，直到我的侄孫一輩，共是九世。取消了舊日的「承繼」關係，重畫過「世系表」；又將每世女兒所嫁的人家也列一表；所有經過的「住宅」作一敘述；每代的「墳墓」補一記載；「生卒年月日」也列為表格——創一個新家譜的例子。這一種方式，不獨供族人的翻閱，也想給治社會史者一點參考。看這一個家庭在二百年間，畢竟有什麼變遷的？

（50-09-13）

門鈴

我在北京時，到一個大雜院去找到人；在門口只要找到拉鈴的地方，上面標明「某姓拉鈴」，拉了一下，那人家自會來開門，絕不擾到旁人家的。這辦法我認為極好，未嘗不佩服北京人之聰明！有一次，偶然看到葉名澧《橋西雜記》，他有一則記云：「宋人（失名）《江南餘載》：陳雍家置大鈴，署其旁曰：無錢雇僕，客至請挽之。今京師居民，往往繫長繩於門楣間，而綴鈴於門內，復書曰某姓拉鈴，猶其遺風也。」

《江南餘載》我認為也是鄭國寶作，曾刻入《金陵秘笈》內，關於陳雍這一條，我竟未注意，原來這辦法還是他創的。葉氏是道咸時人，此《雜記》最遲當作於咸豐年間，原來那時的北京，老早就有「某姓拉鈴」的字條兒了。不過，當然還沒有用電鈴的，就是現在，電鈴也不普遍。然比起敲門來，這就方便多了。拿南京來說，有人住在後進房子，夜半歸來，敲門敲醒了多少鄰人，然後一進叫一進，叫到他家，再出來開門；不獨擾人清夢，又花費時光，何如門鈴來得乾脆！況且一家一個門鈴，彼此各不相擾，江南沒有傳陳雍的遺風，反而傳之北京；怕由於大雜院才有此需要；其實進深屋子更有此需要也！

（50-09-14）

三餘醒世

從鄉前輩許海秋《玉井山館筆記》中，看到道咸間海秋的一位舅父孫□閒（人驥）作了一部《三餘醒世》。這部小說存在海秋那裏，大約一直不曾刊行過，據他說：「具時母之祖母余太淑人高年，喜人說古今事以為樂，故書之作，亦所以博老人歡也。」世界上有兒童文學，沒有老人文學，只有我們中國有的，尤其是子孫為他們母親祖母特編的書。這《三餘醒世》既未刊行，原稿當然早已失去，筆記中附載海秋母親所作一序，說到：「著書之士，多者至百餘篇，少者猶三四十篇，往往探其奇怪，而寫人所難言；見蟲魚草木、風雲鳥獸之狀類，外至四海九州、名山大澤、窮崖絕谷、荒林破塚、神仙鬼物、詭怪所傳，莫不皆有。」又有「天道無親，常與善人」，「為善無不報，而遲速有時」的話；我疑心這是一部「二拍三言」式的，帶有「善書」性質的平話小說，這最合老太太們的口胃。可惜其書不傳，無法為我這種揣測來證明。許母的序文寫來極為當行出色，那正是管（同）梅（曾亮）從事古文時代。據海秋說，同時還有王雨嵐與陳少蒼，不過這兩位的文章，我都沒有看過。

（50-09-15）

蓮子粥

秋夜聽街頭叫賣蓮子粥，不覺回憶兒時燈前情味。我還不滿十歲，那八十高齡的曾祖母，每晚為我熬一碗蓮子粥，喝粥睡覺，習以為常。據說取蓮子去心三十粒，煮白粥極融，融到水米不分，唯此能交心腎，粥後安適的一覺就能養人。張文潛的〈粥記〉大誇張晨起的一粥。他說：「晨起空腹胃虛，穀氣便作，極為妙訣。」而蘇東坡是喝夜粥的同志，他有貼云：「夜饑甚，吳子野勸食白粥，云能推陳致新，利鬲益胃，粥既快美，粥後一覺，妙不可言。」詞人許宗衡因為胃病不晚食，也是臨睡喝一碗蓮子粥的。有人說，喝此粥易生痰，亦不利於養生。他說：「人不能為境限，雞豬魚蒜，逢著便吃，固是曠達；若吞氈嚙雪，盤錯中之藥石也，亦奚不可。余能粥則粥，能五更粥則五更粥耳。而淡泊之勝於膏粱，則固人人當知者，存余夜氣，不復強以責人也。」他因夜粥，曾大發這議論，我連他這議論也想到了。可是這三十多年，我就沒有夜裏喝蓮子粥的事。我那業醫的兒子只勸我少食，晚餐尤減少，帶點餓的感覺在睡，說這樣血壓就不會再上升了。

（50-09-16）

莊景周

高陽兄〈談劉寶全記〉中，提到「韓小窗專為他編的鼓詞」。這在時間上是不大正確的，因為韓小窗是嘉慶道光間人，寶全所拿手的「寧武關」，的確是他所編的。在他以前，有羅松窗擅長「西調」。韓是「東調」，合稱「子弟書」。劉寶全那年在南京唱得很久，跟我也很熟；無事我們常在一起談天，他說他的歌詞除了小窗舊詞外，有一位莊景周是專為他編詞的，景周字蔭棠，號耀亭，別署知非子，一作待餘生，江蘇武進人。本是吏部一個選司，光緒辛丑，在北京創了個《京話日報》，大作其戲評。民國初年，他又辦《實事白話報》。他為寶全編的如「罵曹」跟「別母亂箭」（即二本寧武關），並不亞於小窗。景周死時，年六十八歲。寶全正在天津，曾專為辦他喪事，回北京去了一趟。寶全曾請我為莊氏立傳，這篇文章收入《選集》中，他日當錄出求高陽的指正。

（50-09-17）

清晏舫的由來

勤孟兄在〈醜惡的石舫〉文中談起頤和園裏那石舫，它的名字正是「清晏舫」。我春間到北京曾去逛過頤和園，那時石舫被水淹沒了一半，可是我和裔孝還在石舫的船頭上盤桓一會。說這清晏舫的樣式，跟南京「節署」（即偽總統府）西花園中那「不繫舟」是一樣的。「不繫舟」石舫相傳是太平天國時天王洪秀全所作。如果修建頤和園在後，那「清晏舫」就是模仿「不繫舟」而成；不然，何以兩石舫會如此相像呢？至於清晏舫，不獨不能點綴頤和園的風景，而且徒見其醜惡；此層我與勤孟兄所見頗同。西花園非頤和園之比，而「不繫舟」之不能為西花園生色，卻是一樣。那麼，當日又何須乎此呢？添個石舫，不過供西太后坐憩而已；也正如天王退朝在「不繫舟」坐一坐，本不是為著裝飾園林的。在現代人的眼光中，以石舫供坐憩之用，亦甚笨拙。本來坐龍椅已遠不如坐沙發，這有玻璃窗的石舫，又何嘗勝於講究一點的起居室？

（50-09-18）

馬巷看曇花

南京的昇州路，這名稱是新起的，可是馬巷幾十年還沒改樣子，我的家就靠它很近。昨天晚上，忽然一陣陣的人打我門前走過，一會兒來，一會兒往，有相熟的人告訴我：「馬巷裏曇花開了！」這樣鬧嚷嚷的，正是「無人不道看花回」。鄰家的人去來，孩子們去來，老妻也去了來；儘管已是夜深，我仍然策杖前往。原來這曇花正放在那家王回的店櫃上。開了的一朵已裝入瓶中，是個紅心的；現在半開的另是一朵，是黃心，花是從葉上垂了下來的。據看的人說：「巷口邵榮泰皮箱號，也有曇花，昨天開的；今天還可去看。」於是我又到了邵榮泰。心中很驚異：「哪裏來許多曇花！」又有人說：「這花在三月中開過一次，這八月又是一次。」我看花回來翻了一陣書，不敢證明它就是曇花，說是瓊花吧，又無香氣。八四叟韓漸儀說：「這是一種熱帶產的植物，類似曇花，並非曇花。」而且它這「一現」，現了一兩天，是不是一現的曇花如此呢？我願以質諸植物學者，他們應有正確的解釋。

（50-09-19）

明遺民：田間

明代遺民的書畫，常多精品；獨錢澄之的遺墨世不多見。澄之自署名是「田間」。有位許永璋先生，在他祖父手裏藏有田間的詩頁一紙，當年曾請獨秀山民為它題過。田間原跡是寫於庚寅，永璋祖父的題記也是六十年前那個庚寅。今年永璋回到安徽桐城，在祖父的書篋中尋了出來，送來給我看，也要我題一首詩，今年恰巧又是庚寅。獨秀跋中說到澄之的詩幾乎全部失傳，想不到這一冊頁倒為他存下兩首來。論他這詩與亭林、半千那些遺民們的作風很相近。永璋打算把它影印出來，想不到祖父的珍藏，經過六十年又在孫兒手中出世。我勉成一絕如下：「檢篋遺珍祖及孫，田間詩句世猶存。驚心六十年中事，前後庚寅四改元。」

（50-09-20）

朱權與朱有燉

朱元璋做了明代的太祖高皇帝，推他的兒子們為王，到各地去就藩時，各發給大批書籍，其中有很多的戲文。元璋有一句話說得妙：「那四書五經好比是布粟，誰都需要的；但像《琵琶記》這種書，鐘鳴鼎食之家，哪裏又可缺少！」因此各藩都分給有這類的書。可是他的兒子中出了一位寧獻王朱權（即涵虛子），他作了《太和正音譜》，能吹能唱，對戲曲理論有很深的造詣。他本封在大寧，由於與燕王棣的勾結，永樂年間，反而調到江西，往廬山上一躲，學什麼神仙，這樣度過他的一生。元璋的孫子輩中，出了個周憲王有燉，（即誠齋），他是定王長子，從小在開封長大的，他的《誠齋雜劇》以數量論，就頗可觀的。對於戲劇的愛護，不遺餘力，比乃叔涵虛子貢獻還要大。我們只要看李夢陽的詩：「齊唱憲王新樂府，金梁橋外月如霜。」，可想見當日民演之盛。

明代如果沒有這兩位宗室的提倡與努力，明代戲劇空氣不會有這麼濃厚；正如京劇在清末崛起的時候，那些親王、貝子、貝勒們大發其「皮黃迷」誰都喜歡哼幾句，這影響也不算小。

（50-09-21）

年譜

韓老以八十四高齡，寫下一冊年譜。對我說：「免得他日請人作傳，我自已將按年行事，都記載下來。既不誇張什麼宦績，也無什麼功德足言；只是老老實實的給子孫知道我這平淡的一生而已。你看要得要不得？」我說：「這本書值得寫的。」因為從這裏，我們不獨知道他的為人，而且還曉得不少與他們同年輩的人行事，又得到不少幾十年前有關那社會的資料。我從前常勸老先生們多寫年譜；有一年，就勸過霜厓先生，他說：「瞿木夫名位不尊，寫過年譜，為通人恥笑；我是不想寫的！」不過我始終認為不獨大人物要寫，普通人也要寫；也許越是平凡的人寫的年譜，越發容易暴露出那社會的面貌。近年來作「自述」、「傳記」的人並不多，「自傳」也成了照例文章，多略而不詳；不如「年譜」來得充實。我們須知「年譜」不是個人的，雖然自己是個「譜主」，然而這幾十年的國家、社會，都因此而反映出來，都算是可寶貴的史料。像瞿兌之所筆錄的《崇德老人年譜》，就是年譜最好的範本。因為敘述日常生活夠詳細的，附件（如信札、表格、帳冊）越多，那更覺得可貴了。

（50-09-22）

談：小生音色

我在幼年初看京戲的時候，最不能瞭解的就是「小生」這角色。聽上去好似跟「旦」沒甚分別；「為什麼男子要作這種聲音？」心裏老是這樣想。後來，漸漸感覺興趣，知道小生和旦大有分別，不但如此，雉尾小生與冠巾小生也不相同。若是小生唱得和鬚生老生一般，那又如何能表現出小生的「青春味」？當然，也不能跟青衫或花衫一樣的纏綿、溫柔，因為他不是女性。於是小生成了一種特別的「音色」，比鬚生老生來得「嫩」，比青衫花衫來得「硬」，可以借「婀娜剛健」四字來形容。起初不愛聽小生的我，竟變成了愛聽小生的人。「群英會」的周郎也好，「探母」的楊宗保也好，都能十分過癮，並且感覺小生人才之少。也許，有人同意起初我的意見，認為小生不該用這音色，不如採用鬚生老生音色，以為不必使青年這樣扭扭捏捏的唱。其實女性何嘗又該扭扭捏捏的唱！是小生與旦同應「揚棄」。然而，就戲談戲，似乎是另一問題。我正佩服當初制定小生這音色的為一大創作呢。

（50-09-23）

四川「康聖人」

川戲分高腔和絲弦兩種。絲弦已受了京戲影響的，高腔比較是原始的一仲形式。在四十年以前，出了一個康子林，大家都叫他做「康聖人」，彷佛與皮黃中譚鑫培相似。有些「康迷」的人說：「北京一個小叫天，成都一個康聖人，這才是天人之學呢！」

榮縣趙堯生，為他改編過《活捉王魁》，有句詞：「月明如水浸樓臺」，這「浸樓臺」三個字是「幫腔」的，一聲長吼，知音者無不隨聲而和。我第一次入川，走的小川北，一路上就聽見「康調」在傳唱，那時我還不知道他這個人。在成都作客久了，雖然他已死了十來年，而傳說「康聖人」的流風遺韻，一直不衰。他所經常演唱的地方「悅來茶園」，我也每天必到。可是無論誰唱得再好些，看的人總說：「比康聖人差勁！」可惜那時還沒有「留音」的設備，既未經灌過片，我們就不能有聽康子林的機會了！

雲師（50-09-23）

猾

「猾」字通常解釋有二義：一是亂，如《書經》上「蠻夷猾夏」的猾，沒有不當作亂字講的。一是黠，如《左傳》上「無助狡猾」，《晉書》有：「先是兗州有八伯之號，其後更有四伯，江泉以能食為穀伯，史疇以大肥為笨伯，張嶷以狡妄為猾伯，羊聃以狼吏為瑣伯，蓋擬古之四凶。」此外如猾吏、猾賊這些皆是第二義。讀核拔切，與滑音同。狡猾，有時作狡獪，獪音儈，古外切，也就是狡義。我對於反犬旁的字很注意，怕原義多是從動物名演變來。無意中看董潮的《東皋集鈔》，它有一段話：「猾無骨，入虎口，虎不能噬，處虎腹中，自內嚙之，今云『蠻夷猾夏』，取此義，其說甚新。」如此說來猾是一種動物名，究竟是一個怎樣的動物？我們不得而知了。可是「自內嚙之」這樣解釋，使我想起《西遊記》上孫悟空常弄的一套把戲來，真個是司空見慣。然則猾夏的這個猾，就不能說牠不是厲害的腳色了！動物學者應該告訴我們：「這種古動物現在還存在沒有？」

（50-09-24）

庚娘傳

《庚娘傳》，是易俗社秦腔的腳本，梁漱溟的父親巨川先生改編過的。一共十二幕，從寇警、喪亂、誘伴、墮阱、巧遇、殺讎、議婚、開墳、剿寇、遊山、寺遇到重圓。故事是金大用娶妻尤庚娘，正在為父母稱壽，聽說流寇來了。又有一個唐柔娘奉母避亂，母病死道中。遇著一個奸人王十八，要娶她作妾，柔娘不肯，給他害了。庚娘一家逃亡，半路只剩了四口，大用父子上了賊船，也給王十八推下水去，又要逼娶庚娘。大用與柔娘遇救，柔娘跟大用同行。這裏庚娘計殺王十八，自殺了，又沒死，被盜墳的送與耿夫人處，要出家為尼。柔娘議嫁大用，大用又不肯。在寇平以後，大用柔娘到了金山寺，竟遇到庚娘。和其他的戲劇一樣，終歸三人團圓。這腳本雖說是南宋時事，並無事實根據。巨川先生改訂的本子，由彭翼仲印出來送人，就在舊篋中居然檢得。仔細看過，內容實在有濃厚的封建意識。不過，秦腔最宜於表演悲劇，就秦腔說未始不是一本好悲劇的底稿。假使再改過一道，刪去那些老套子，加強庚娘柔娘對惡勢力的反抗，何嘗不是一齣好戲咧。

雲師（50-09-24）

措大

窮措大，變成一句嘲笑人的話了！其實，措大是能措大事的意思。從前叫秀才做措大，最是宰相是能措天下大事的，所以秀才們又叫相公。顧亭林《日知錄》說：官人者，南人所以稱士。秀才們除了相公，那時又叫做官人。王應奎在《柳南隨筆》中說：「或云，自張士誠走卒廝養皆授官爵，至今吳俗稱椎油作麵庸夫為博士，剃工為待詔，吏人為相公。」可算這記載是正確的，勞動人民又為什麼不可以做官！秀才們如應奎所說：「偷懦憚事，無廉恥而嗜飲食，大半皆子游氏之賤儒。」而他們又可以叫官人、相公，何也？想起來「措大」這名稱畢竟還不錯。現在的進步的知識份子應該有措大事的志願，當然措大事並不要做大官，像孫中山先生的說法，還是值得我們信任的。窮不窮又是一回事，而措大的抱負不可沒有。元代「九儒十丐」那樣賤視讀書人，叫秀才又是「酸廝」、「酸丁」、「細酸」；賤儒之賤，未免過分了。我覺得不如措大兩字有意思，當然現在對於知識份子也不必再有這種綽號式的稱呼；只要曉得不再是嘲笑語，已經夠了。

（50-09-25）

楊仁山的道路

石埭楊老居士文會，想來他的名字知道的人一定很多。他的門下如歐陽漸、桂赤（白華）幾位，對於佛學精深，自是受他的影響；就如蘇曼殊、梁任公、陳散原這班人，都曾跟他聽過講。現在這金陵刻經處的前身就是「祗垣精舍」，這是光緒年間佛學的發祥地。可是楊老居士本人是在英國留學，專門學工程的，怕知道的人很少罷。他若是回國以後，用其所學，來從事建設，多少有些成就。不幸他成了個佛學大家，他竟改走了一條道路。

說起來又不止他一人，在後來端方手上派的一批到西洋學「實科」的，回來以後，有的大刻其圖章，有的大寫其篆字或畫山水，完全把他們學的「實科」本領拋棄掉。這是我們中國最大的損失，也可以說他們走上了楊仁山的道路。楊老居士自有他的貢獻，這是不可抹殺的；然而他這道路是最不利於中國的道路，可喜的是現在絕不會再有人走的了。

雲師（50-09-25）

中秋節吃月餅

中秋晚上的祀月，這風俗似乎唐以前就已有了。《提要錄》上說：「八月十五日月夕」，在江南各處主要的供品是鮮菱藕。還有芋頭、紅柿、石榴、栗子、芡實；月神也有紙馬，上面還畫個兔兒。這晚用的香是「斗香」，作塔狀。明劉桐《帝京景物略》云：「中秋市月光紙，繪滿宮像。趺坐蓮花者，月光遍照菩薩也。華下月宮桂殿，有兔杵而人立，搗藥臼中。紙小者三尺，大者丈，工緻者金碧繽紛。家設月光位於所出方，向月供而又拜，則焚月光紙。」他講這紙馬就很詳細。至於月餅，彷彿明人才提到，馮應京《月令廣義》說：「燕都市肆，中秋饋遺月餅西瓜之屬，名看月會。」劉桐是叫它為「日月餅」的。「餅有徑二尺者，蓋所以像人月之雙圓也，故家咸好之。」為什麼有月餅呢？據父老相傳，卻是其中有一段民族革命的故事。元代「南人」受到最殘酷的虐待，曾準備在八月十五起事，做了這種餅，將紙條夾在餡子裏。怕大家忘記，製成滿月形狀，看月吃餅，立時動手。這樣便成了中秋節的一種風俗。像宋人的《東京夢華錄》就只說中秋喝新酒，那時還沒有月餅咧。

（50-09-26）

月光書

中秋到了。各地的習俗是不相同的，在廣州這一天晚上唱的，就叫做「月光書」，廣州四鄉皆很盛行；不過他們忌諱這「書」字，因為和輸同音，只高呼「月光贏」！實則就是「木魚書」罷了，什麼「客途秋恨」，「蒙正拜灶」，純用粵語彈唱的。

河南人的「走月」，湖北人的「踏月」，南京人的「摸秋」，和我們蘇州人的「走月亮」，也同樣在中秋晚上舉行。宋元人叫中秋月為「端正月」，張雨詩：「秋已平分催節序，月還端正照山河。」《武林舊事》說：此夕放紅羊皮小水燈數十萬盞。這又浙江的舊俗了。

北京的孩子們，中秋的恩物有「兔兒爺」。《京都風俗志》云：「日間市中，以土塑兔兒像，有頂盔束甲如將軍者，有短衫擔物如小販者，有立起舞如飲酒燕樂者，大至數尺，小不及寸，名目形像指不勝數，與彩畫土質人馬之類，羅列高架而賣之，以娛小兒，號兔兒爺。」因為玉兔是中秋神話的中心人物。

廣州的謠諺唱得好：「八月十五暨中秋，有人快活有人愁。有人樓上吹簫管，有人地下皺眉頭。」這與吳歌調同而意義大不相同了。

雲師（50-09-26）

蚊雷

秋分已過，蚊子的活動也早就完了事。想起個把月前，尤其是每天傍晚的時候，也許因老屋卑濕的緣故，那飛繞在當前的，只可用「蚊雷」兩字來形容。嗡嗡的聲音，簡直跟轟炸機掠過上空一樣。我屏息以待，下意識的用手掠牠一掠，說不出來有一種恐懼的心理。這由於幼年看詠露筋祠的故事，說有姑嫂二人夜行曠野，此處的蚊蟲非常厲害，嫂子要借宿人家，而小姑不肯，結果各行其是。第二天，嫂子回到曠野來，看見小姑在蚊吻下喪了命，全身的筋都露出來了，所以稱她為「露筋女」。宋沈括《筆談》上說：「信安、滄景之間，多蟁蟲，夏天牛馬皆以泥塗之，不爾，多為蟁蟲毒斃。郊行不敢乘馬，馬為蟁蟲所毒，則狂易不可制。牛馬革至堅厚尚嚙死，況人乎？」他還不知泰州高郵的蚊子更勝於信安、滄景。可笑的夏荃詠露筋祠的詩，有「野曠蚊如豹，湖平月似娥」的話，把豹來比蚊，可知蚊的威力之大！你不要以為蚊不過是區區小蟲，其足以傷害人，的確不在虎豹之下。牠所傳的毒，不獨是瘧疾。所以我每聽蚊陣飛來，哄然雷聲，往往不覺失色。

（50-09-27）

電鈴・電梯

袁子才有個孫子，叫袁祖志，字翔甫，在光緒九年三月十二日，由上海出發，經過西貢、新嘉坡、錫蘭、亞大拿波利、羅馬、巴黎、倫敦、柏林、哈克、馬得力、巴竦希等十二處，耽擱了十個月，在同年十二月二十二日回來。寫成四卷書，名《談瀛錄》：一、瀛海採問，二、涉洋管見，三、西俗雜誌，四、出洋須知。其中最有趣味的是第三卷，那時見聞一切在作者都是新奇的，譬如說：「喚人不得聲喊，隨處裝有扯鈴；或用電線，但於壁間置機鈕處按之，即應聲而至。然亦不敢遽入也。必以手於門上輕彈兩聲，聞答以克明二字乃入。」其實克明只是一字，何嘗是兩字也。

他所見還只有七八層的樓房，他說：「重樓階級太繁，足力或有不支者，則有機車以上下之，人但坐於車中以手撥機，自能升降；隨意所至，不假足力。」所謂「機車」者正是今日叫做「電梯」的。七十年前就沒有「電鈴」、「電梯」之名，而這兩樣東西早就有了的！

雲師（50-09-27）

淮南王發明豆腐

每一行業總有個祖師，有個節日。豆腐業定在九月十五，祭祀他們的劉祖師。這一位劉祖師便是西漢時淮南王劉安。劉安是厲王子，據說（厲王）在文帝時謀反被發覺，充軍到蜀，在檻車中絕食而死。他有四子，也封列王。這淮南王不獨好讀書、鼓琴，而且大有辯才，作《淮南子》二十餘萬言，號稱「鴻烈」，表示是明大道的；到了武帝時，也為著謀反事件，自刎而死，國除為九江郡。他發明「豆腐」，那時叫做「黎祁」。這豆腐，據說皮能養胃滑胎解毒，粑能開胃消滯逐積，渣療一切惡瘡、無名腫毒。因為它所含營養物質不少，水分占百分之八八・七九，脂肪百分之二・九五，蛋白質百分之六・五五，纖維百分之一・〇七。這是富滋養的食品。他的《淮南子》就遠不如豆腐，因為豆腐供給大多數的人民，直到今天；而能讀《淮南子》的有幾個人呢？說到為人民服務，淮南王這一發明是值得頌讚的。為什麼節日要定在九月十五日呢？相傳這天是淮南王的誕辰。他們有什麼根據，那非我所得知了。不過上海豆腐業在十五年以前，早就有同業公會，定下了這個節日。

（50-09-28）

廣陵散

名票孫化成早年在北大教過書，一直愛搞戲，平生所蘄響的是老譚。不獨聲口絕肖，就是一笑一顰，在舞臺上的一切小動作，無不「小叫天化」。在孫君看來，譚調之絕響久矣，此時再不得其人而傳，未免要成〈廣陵散〉了。於是南京新聲社迎他來寧，據說師事他者也還有兩位。然而孫君的悲哀，不在個人的不得意，而在他這「絕詣」不為時重；他認為不知譚便是不懂戲。但今日搞戲的，認為譚已早成了過時人物；只要這戲能為大眾接受，不必要譚；〈廣陵散〉失去也無足惜，不懂譚算不得什麼！因此孫君越發有「孤芳自賞」之感。我對戲是個外行，跟孫君也不認識，但我只覺得老譚固有他長處，似乎不必以譚來代表戲的全部，知譚固好，不知譚亦無不可，何必強人人而學譚。正如〈廣陵散〉不失傳當然很好，要人人彈〈廣陵散〉，又大可不必也。

雲師（50-09-28）

壹貳三肆

壹貳三肆伍陸柒捌玖拾佰仟這些字，有人說是太平天國時代改寫的，這是錯誤的！又有人說這始於明初刑部尚書開濟，有人說宋邊實的《崑山志》已有了。陸容的《菽園雜記》曾談到：在石刻隋〈龍藏寺碑〉勸獎州內士庶壹萬人等，唐〈開元寺貞和尚塔銘〉書開元貳拾陸年，又元和年華岳廟題名壹月貳拾陸日，又〈元和拾伍年尉遲恭碑〉粟米壹仟伍佰石。唐代用得如此普遍，足見不始於宋；所以改如此寫法，因為此等「關防」，免得被人改易。秦漢的碑刻，偶然有一二書法不同，那是篆隸體勢，和這不同。顧亭林《金石文字記》說：「舊唐書睿宗紀，先天二年三月癸巳，詔製敕表狀書奏錢牒年月等數，作一十二十三十四十字。知前此皆借壹貳等字，不知始於何年？」左暄說：「唐法琬碑，建於中宗景龍三年，稱左衛壹府翊衛。」劉欽旦《書考》：《唐書・百官志》翊衛之府二：曰翊一府，翊二府，碑書「一」作「壹」，足為前此公牒借用壹貳等字之證。壹貳叁肆等用在公牒或私人契據上，無非怕人竄易而已。

（50-09-29）

磧龕記

舊文人有一套本領，儘管你住在亭子間裏，他能「空中樓閣」似的取一些書齋名，什麼軒，什麼堂，其實根本就無此軒此堂的。這是小資產階級的意識在作祟！我當然不屑於如此，然而最近在我一間書室門上，我也取上「磧龕」兩字做名兒。此又是怎麼一回事呢？家貧，好書不易得，得了宋磧沙藏的殘本不能不說是盛事。自稱「殘宋居」罷，這宋本也夠殘的了；或稱「半宋室」，不免又寒傖。於是老老實實題上「磧龕」兩字，所以用龕字表示像佛一樣的供養它。但養一天是一天，哪一天將它送給公家文物保管機關，我這「龕」也就取消了。磧沙洲在今蘇州境內，即藏經的延型當然蕩然無存。我是經過磧沙的，用此字又感到一種親切。

這室中雖然不過只有一兩千本書，而平裝、洋裝、線裝、中文、日文、英文、法文、俄文，還有梵文一冊，也可謂五光十色的了。添上摺式的佛經一本，何況它還是宋刻的呢！我乃未能免俗的題名作記。

雲師（50-09-29）

敬亭秋憶

李青蓮詩所謂「相看兩不厭」的那座敬亭山，二十多年前一個秋天，我曾去遊過。它是在安徽省宣城縣境，城裏有謝眺登臨過的北樓，城外就是這敬亭山，同為古蹟又屬名勝。那時到蕪湖還沒有鐵路，不能坐火車到宣城。一定要乘小火輪，經過青弋江，這一帶地方也還有風景可看。敬亭是一座小小的山，山下有雙塔對峙，中間一條很幽邃的山徑，兩旁樹木不少。上了坡，先到禹王廟，這廟是沒有什麼可看的。我所愛的是一座樓，這樓比起南京清涼山掃葉樓要軒敞得多。坐在這兒喝茶，尤其本山所產的茶，一聲不響地坐上半天，然後才覺得青蓮詩中所下這個「看」字恰到好處，越看越感覺窗外一片翠綠，綠得不像個秋天。偶間雜著幾片紅葉，又顯得紅得可愛。這環境靜極了！靜到雞鳴犬吠之聲不聞，靜如不在人境，雖然離城只這麼近；除了品茶只有看山，看山外的山，窗外的樹。我只在敬亭逛過了半日，但事隔幾三十年，而敬亭山影常憬幢往來於余心。不知這些年，此山有無建築？改變了舊寸的形貌沒有？我總以為若要秋遊的話，敬亭山畢竟是一個最好的去處。

（50-09-30）

南僑回憶錄

最近英帝將《南僑日報》查封了，使我想起陳嘉庚先生的《南僑回憶錄》來。這是他在抗日期間回到祖國遊歷的印象記。在重慶跟蔣二禿一見面，他那一套謬論直使陳先生作嘔；由於毛主席的邀約，他又到了延安。他記的朱德總司令跟他在中共軍校散步，學生們正在打球，道：「朱先生，你來和我們打球好不好？」朱總司令立時脫了上衣就去，毫無架子，這一點他直佩服得五體投地。當時用的偽國旗是以那「青天白日」黨旗放在上面的，嘉庚先生攻擊最力；尤其定「藍袍黑馬褂」為禮服，他說：「這與滿清還有甚分別！」那時陳儀在任福建省「主席」，嘉庚先生的回憶錄中對陳的許多暴政，例如公共場所不准說福州話之類，他非常憤慨。此書在新嘉坡印行，不知這《南僑日報》是不是亦陳先生所辦？我們要知道陳先生所以能全心全意為人民服務，站在人民的立場，在回憶錄的文字中可以見其端倪的。

雲師（50-09-30）

筆

筆有廣義的和狹義的兩種解釋。怎樣叫做廣義的呢？例如那畫荻的荻，在沙上寫字，作榜書的人，紮帚子或包抹布，只要用它寫字的，都可以名為筆。狹義的當然但指中國毛筆、外國鋼筆和西藏同胞們用的筆而言。刻圖章所謂鐵筆尚不在內。有人說：「能書者不擇筆」，這句話我是不同意的。要說到「擇」，又應該以各人的習慣為準。朋友當中有好多位已多年不使毛筆了，他們只用慣了鋼筆。同一鋼筆，也還分什麼派克、五十一型、本國製造的關勒銘、金星之類的。再以毛筆來說，有的愛紫狼毫、雞毫，有的亦習慣了羊毫；還要講究哪一地域、哪一家的出品。有一位西藏朋友用鋼筆代替竹筆，他也常感覺不順手，無非這是不習慣的緣故。如此說來，筆是要選擇的。早幾年鬧了一陣「原子筆」，廣告說得天花亂墜地，實際上大賣野人頭，依然不能取鋼筆而代之。這種噱頭是資本主義社會常有的，不在話下。然而新筆果然便利，未嘗不能改變他們的習慣；請看現在用鋼筆的人，又幾個不是起初用慣了毛筆的人？至於作擘窠大字，那就非鋼筆所能行的了。普通毛筆尚且不能用，定製的又花費太多，於是代替品在沒有辦法中竟創造出來；說起來也頗好笑的。

（50-10-01）

張余糾紛

在三十年前鬧婚變亦是最惹人注意的事。當時談起張季直跟余沈壽的糾紛，社會上有兩種不同的看法：借這題目打擊張季直，認為他誘騙，本是請余沈壽去擔任刺繡學校校長的，卻因此和她苟且起來；分明仗著他的威勢，侮辱女性。另一方面，認為這是私人的事，不該藉此破壞張的事業；而且余沈壽是有知識、有地位的，也不是沒成年的女孩子，說不上誘騙。這事除了兩位當事人還有余沈壽的丈夫余覺，他當然是攻張最力的，他認為張霸佔他的妻子。他印行了許多「血書」，呼籲輿論上的援助。可是這樣鬧得滿城風雨，好幾年都沒有完。結果余沈壽死了，在靈前弄出了兩個「杖期生」，究竟誰是她的丈夫？倒變成了「雙包案」啦！

在事過境遷的今天說起來，這糾紛的造成，只少余沈壽自己的一句話。她要嫁張，應當跟余覺離婚；她要與余覺同居下去，就不該接受張的親近。而她始終沒有表示意見，這樣糊裏糊塗的在「混」。這糾紛是不能不歸罪於舊社會的！

雲師（50-10-01）

依歸草

我最愛翻明清人的詩文集，因為其中有不少好的資料，可以供我們採擇。康熙年間，有一位張符驤，他有《依歸草》初刻、二刻一共六鉅冊。它何以題做此名呢？因為他是學歸有光的，所以「依」這個「歸」。的確敘事的筆調，極似歸文。他最得意的是〈張士誠傳〉，他稱士誠的軍為「我軍」，將曰「我將」。還有「我常州」、「我長興」、「我海陵」，凡是士誠這邊的都加上一個「我」字。當時有位陳大始是呂晚村的門人，對他這樣表示異議，他又跟他辯駁，說：「士誠應給予列國地位，照例是可加我字的！」因為戴良題《夷白齋集》就有「我吳王淮張之得士心如此，非一時群雄而可企及」的話。符驤是泰州人，他在傳尾明明白白地說：「予海陵人，為王起兵舊地。至今三百餘年，城南隅一帶，煙火稀少。長老為予言：此常平章血刃處也。嗟乎，英雄舉事，敗則為寇，亦有幸不幸也乎！」他也提到元末張士誠在蘇州稱王，極為吳人擁戴。前幾天本報說蘇州七月裏燒狗矢香，狗矢就是九四的諧音。到今年蘇州還為張九四燒香，還能說他不深得民心麼？

（50-10-02）

李小池

在清末那班講究洋務人中，我最近才認識李圭這個人。圭字小池，南京人。他有幾種著作留了下來，第一是《鴉片事略》，前幾年北京圖書館將它印行的；這本書算是一部中國近百年最重要的史料。第二《金陵兵事彙略》，第三《思痛記》，這兩書是訴說他及身經歷的太平天國戰役，前者敘述此役的原委，而後者是報導他個人及全家的流亡生活。第四《入都日記》，敘同治年間在北京的路聞，後來出洋，又成《環遊地球新錄》和《海外雜詠》兩書。他的書多半在寧波刊行的，李鴻章為他署簽，我們可以猜想到，他是李鴻章外交人才夾袋中的人物。看了袁祖志的《談瀛錄》再看李小池的《新錄》，他的識見比袁氏就不知高了多少！他這六種著作都有文獻的價值，可惜不容易搜集齊全。也許他的姓名知者甚鮮，著述也一向不為人所重視；但自從我拜讀過這幾本書，我認為李小池畢竟是個傑出的人。

雲師（50-10-02）

月夜聞歌記

這是中秋頭一晚上的事，月亮倒很亮，我到多時沒有去的「友藝集」去。這晚友藝集正彩排，現在他們每一星期要彩排一次；為著中秋，他們連排演了三天。所彩排的戲是《紅鬃烈馬》，在出演前，進行來賓自由參加那節目時，上去唱的達二十六七人之多。有不同的年紀，不同的腳色，不同的戲；續明清家裏的孩子們，從九歲到十五六歲的姐妹兄弟一個個都能唱，差不多可以成一續家班了。小朋友都很賣力，博得臺下的彩聲不少。座中老票友孫化成已是七十外的了，他曾唱了「桑園寄子」，可惜我沒有聽到。他最推崇小叫天，那賣馬耍鐧的一套，孫老也極熟練。他跟我說起近三十年的許多梨園掌故，他承認每一藝人有他長處，當也不能掩其所短。我問他對麒派有何意見？他說：其源出自孫菊仙，周君本人的口勁很好；這兩點頗有見地。我說起《陶庵夢憶》上記中秋節在虎邱大開曲會情形，明代這月夜鬥歌的風氣倒頗有趣。我們能在這月夜來聞歌，已是難得。何況歌者踵接！孫氏並答應不久也來彩排一齣。他對續家的小朋友期望亦甚殷，我們說著話時，律之弟扮的薛平貴上場了。我看到夜午，才踏月而歸；反而中秋晚雨阻，使我不能出門。

（50-10-04）

畫馬

世間沒有不可以入畫的，而畫馬的尤多。自曹霸數起，馬畫家當不止百數人，當然趙孟頫的「八駿」、「百駿」之類又是不常有的。今人如劉海粟，如徐悲鴻，他們是中西並進的，亦以畫馬著。嶺南有位梁君，對馬更是拿手。有一年，我去逛鍾山，經過一處，門前搭一架，上懸馬骨；我正懷疑，人家告訴我「這是梁君的畫室」。原來他為著畫馬，便養了一匹馬，將馬宰掉，取牠骨骼綴起掛在門前；以便隨時觀賞臨摹。前人畫馬，自己爬在地下作馬的姿勢，似乎又不如真馬了。據說所難畫得準的便是馬的間架，有真馬骨在此，天天供他觀覽，自然他畫得與眾不同。不過，我當時笑著對朋友說：「所幸他畫的是馬，若是畫人，是不是也弄個人來殺呢？」這固然是笑話，然而我認為最難畫的是神。並世幾位畫馬，我還不曾看見有一幅畫的是馬咧。恕我不客氣的這樣說。

雲師（50-10-04）

康聖人演義

在朋友案頭看到一本不知作者姓名的小說，叫做《康聖人演義》，共四十回，似乎並未完全。這當然是一種譴責小說，出於戊戌政變後，一位反對派中人的手。有許多事實，未免錯得太離奇了。康原名「詛詒」，並無名「直」的根據。梁啟超是新會人，並非番禺；康梁的關係是師生，一般人都已知道，而作者說他們是密友。梁的中舉還在康前，此書也說他沒考上舉人。康是在政變失敗後出洋的，而作者說他早年便到過英、美、新加坡。作者對於當時「洋務」的知識大約也很貧乏，甚至「白理璽天德」寫做「白理德璽」了。本來他把「新加坡」也當成國名，「耶穌」、「基督」當成兩種宗教，這種錯誤是不應該的。尤甚荒謬的是「書不夠，神仙湊」，用儒釋道三教的「祖師」出面，為著捉拿康有為而跟西洋三教的「教主」大鬧其意氣；這真「不知所云」了！雖然作者主要的目的在攻擊康有為，但此書由於本身不健全，不獨在今天我們看來，不值一笑；就是在那時代也不會有讓他說服了的人！從他那「頌聖」的本領看起來，此書應該是作於光緒中葉，何以對康梁的身世等等，又這樣的隔閡呢？

（50-10-05）

王湘綺聯語

王壬秋先生畢竟是現代人，雖說他「詩必唐，文必漢魏」，儘管如此講，仍然掩蔽不住他的現代人的情緒。他的《杜若集》、《夜雪集》，並不比他的『選體』差。相傳袁世凱做總統的時代，他有「民猶是也，國猶是也，何分南北。總而言之，統而言之，不是東西」的對聯，頗膾炙人口。談起對聯來，浙派、閩派和湘派三派作風不甚相同，浙閩講究詞藻、冷雋，湘派要整飭、厚重。向來推曾國藩第一，王翁卻與其大異。我在荒攤上，購得喻謙編的《湘綺樓聯語》四卷：一、院宇，二、榮慶，三、哀輓，四、贈句。成都杜公祠聯云：「自許詩成風雨驚，想當年硬語愁吟，開得宋賢兩派。莫言地僻經過少，記今日寒泉配食，遠同吳郡三高。」抵得一篇論文。輓丁巡卿的「抱葉等寒蟬，愧我仍居參政院。嘉禾擬文虎，輸君曾上大觀樓。」這種挖苦的詞句，倒大可以看出他的有意的滑稽來！

雲師（50-10-05）

喝湯的次序

隨園之孫，杭州袁翔甫在七十年前跟唐景星為著招商局的事出了一趟洋。回國後寫一本《談瀛錄》大談海外奇聞，其中有一卷「涉洋管見」，最妙的是「中西俗尚相反說」，其記載之不正確，現在在我們看來，真可謂之「荒唐」！如說：「中土一男可以兼妻妾數人至數十人不等；女子只事一夫。泰西則一女可以適數人，而男子不得兼妻妾。」我不知道哪一國的女人可以同時「適數人」的？還有：「中土以字紙為最重，到處勸人敬惜；泰西以字紙為最賤，大便皆以拭穢。」試問又有多少國家，專以字紙拭大便用的？這話真說得太奇了！至於：「中土進食，肴饌居前，羹湯居後；泰西則先之以湯，繼之以饌。」這也只足以證明袁君在中國走的地方很少，也許只看到江浙人先饌後湯，便認為中土之習如此。遠的不說，但看河南人「開口湯」，在進食時，第一就喝湯，我常笑河南這開口湯的習慣。我說：「是不是因為這兒是湯的故地，所以一開口便喝起湯來？」這當然是笑話；然可見中國各處的習慣不同，唱湯的次序也就不同；怎樣據江浙的習慣，但就認為中西俗尚相反！中西的俗尚誠有不同之處，未必就是相反！翔甫這一篇文字是毫無足取的。就是《西俗雜誌》也有許多地方是不正確的，例如畫師雇模特兒，他偏說：「描摹婦女下體。」何嘗是專「描摹」、「下體」呢？

（50-10-06）

嘴和筆

好像梁紹壬在《兩般秋雨盦隨筆》中說起過，為鄉下人寫信是一件極難辦的事。因為他們很少浮詞泛語，說一句是一句；所用的字句都是口頭的，活生生的話。你替他們動筆，有時是會寫不出來的。他講你懂，你寫了是不是別人還懂，這大有問題。例如不認真叫做「馬馬虎虎」有人寫作「貓貓虎虎」，還有寫作「模模糊糊」；儘管這樣寫總覺得不是那幾個字！而從嘴上一說，似乎就比較正確。這是字形方面的事，說到字音也是如此；「大有作為」的為字是平聲，「為人民服務」的為字是去聲；你用手寫時並不會感覺到有什麼差異，而在嘴上說，一定分別得清清楚楚的。所以我相信聽覺比視覺來得可靠，這一對耳朵比這雙眼睛來得有用。換一句話說：與其動筆不如動嘴，筆下有寫不出、會唸錯的字，而嘴中絕不會這樣。

因此，大演說家比文學家易於感動人，尤其在利用播音器最便利的今天。

雲師（50-10-06）

龍爪

案上雖有膽瓶，空著的時候多，插花的機會少。因為有了花在瓶中，每天也得換水，這是夠麻煩的事；一不小心，兩三天不換水，便使花易枯萎，又何必多此一舉的呢？偶然從市上買了一束花，今天居然就插瓶了。這花很是面生，一絲絲的紅條兒，沒有綠葉，而枝幹倒是綠的，據說名為「龍爪」，我查了許多書，想看看關於龍爪的記載。偏偏就沒有談到龍爪的。說它是「龍」罷，一名紅草，是草不是花；說它是「龍葵」罷，龍葵一年生草，高二三尺，葉為卵形；夏日節間抽細莖，開小白花，為繖形花序，花沒結球形之漿果，色黑，大如豌豆，性有毒，莖葉煎汁，可治頑癬。這與龍爪似乎又並不盡同。還有一種「龍芽草」，花黃五瓣，又名仙鶴草，當然與龍爪更不相近。龍爪在瓶中三天了，居然越過越好看，每條尖端有黑色小點。《尚書故實》上說：王右軍嘗醉書數字，點畫類龍爪，後遂有「龍爪書」。龍爪書是書法的一體，與龍爪花同像龍爪之形，雖然我未見龍，卻可望文生義的；究竟龍爪花除了插瓶有些什麼用處？我已不能知道。對此深覺自己之陋，不知道的事太多了！

（50-10-07）

趙次閒的絕技

有一位趙先生取出他所收藏的一串紅臘的貫珠給我看。珠子每粒比米顆要大一點，仔細一賞鑒，知道上面有字；用擴大鏡來照，每個字的筆鋒都刻了出來，每粒上是五言詩一句，趙君取紙鈔錄下來，原來是陶淵明詩一首。下款署「趙之琛次閒」，這名字並不陌生。我正思索他是一個怎樣人？趙先生笑道：你忘了嗎？他是丹徒人，在徐世昌任「大總統」時代，他是「津浦鐵路局長」（大約在民五至民十間）。張學良的那位「趙四小姐」正是他的女兒。因為他女兒的聲名太大，反而把他絕技埋沒了。趙先生是關中人，和趙次閒並非一家，平日喜歡搞骨董，前些日子送了我一顆核桃章，紐上刻的是春夜遊桃園，四五個人物，好幾十株樹，佔的地方還不到一方寸，那本領也不在趙次閒之下。南京前些時曾展覽過一顆米刻百把個字，小則小矣，但字的結體又不如趙次閒所刻之精。雖說各有各的長處，究竟總是資產階級玩意兒，講起實用來，這一串貫珠還不如印章咧。

飲虹（50-10-07）

十字記

上海土山灣徐光啟墓前有個十字石，而石上有記載，本是義大利教士潘國光用拉丁文寫的墓誌銘，馬相伯取其大意又用漢字寫成一篇〈十字記〉，於是這〈十字記〉在中國金石文史上又開了一個特例。案此石立於光緒二十九年癸卯，該是西元一九〇三年。同年馬氏刊行過一部《拉丁文通》，可惜我尋找很久，沒有看到這本書。第二年馬建忠的《馬氏文通》即出版，這是中國文法書的創作，不知道兩書是否有關？我不是為著研究拉丁文而找《拉丁文通》，正是為《馬氏文通》才找它的。再說這〈十字記〉末附一頌：「經云，信德有耳聞，有傳有習相須殷。惟明碩輔徐上海，揭信光兮掃群氛。耶穌會士載拜言，公真震旦之朝暾。共豎墓前十字石，石弗爛兮矢弗諼。」也可算是一段好文字。上海的旅客去看徐墓的已很少，更不會注意這〈十字記〉的，此節大可入沈伐君《上海老話》。

雲師（50-10-07）

手過

從前人談讀書的方法，有「眼過不如口過，口過不如手過」的話。那時所講手過，大概指抄寫而言。認為但用口這樣的唸，就沒有用手來抄有益；當然有的是全抄，也有的是摘抄。無論什麼人都有若干抄本，這差不多成了一時的風氣。我雖然也贊成「手過」的話，但覺得抄寫究竟太費事；而且現在人不會有這樣多的時間。既然不抄，又怎樣「手過」呢？說起來又有幾種方法：一是圈點，就在閱讀時，一面圈點，新式的標點符號固好，舊時的濃圈密點亦無不可。如果特做一些記號，以便記憶；或表示出這幾行文字的重要性，打上一個尖角，都是可以的。一是提要，用一兩句甚至兩三個字，標上一個題目，以便於檢查尋找。再次就是讀橫行在文下加一橫線，這也可以說是最簡單的法子。這些都是經過了手，雖然不能代替抄錄，似乎比單看或單唸要好些。若是保持原書的乾淨，依然原封不動，在年輕記憶力強的時候，也還對付；歲數大一點，記憶力又差勁，不要說記不住，連查都不容易查到。這才相信「口過不如手過」的話是不錯的。因此現在一本書給我看過，不免弄得滿紙狼藉，說好聽一點是「朱墨爛然」，不好聽便是「齷齪得來」了！

（50-10-08）

西餐如做夢

「飲食男女，人之大欲存焉！」越是不想不談吃，偏偏就會想起關於飲食的題材。從前大家傳說譚組安是一位老饕，最愛吃；實則譚三還不如譚五，這位譚五先生就是上海寫招牌最多的名書家譚澤闓，字大武，別墅瓶齋。十幾年前，我跟他常在一道，而且每週有一次「飯會」，我們同席。他是反對西餐的，反對的理由：每樣菜限制那麼一點，每客又限制那麼幾樣，譬如你愛吃魚，它只給魚一塊，想多吃也不行；如果你不愛吃魚，它卻不能因你而改變。因此，這一餐飯雖說已吃過，同時也可說沒有吃。這些菜如夢一樣在你面前過去！譚五先生結論是：「西餐如做夢！」你要約他去做夢，他一定搖搖頭，絕不肯奉陪的。在這一件事上，我是擁護他的高論，因為我吃西餐從來就沒有飽過，也有些做夢的感覺。上海人稱西餐為大菜，而自稱中餐為小菜，這說法最不足以服人。分明倒置了大小二字，一直卻不曾改正。我是寧可吃小菜，不願吃大菜的。至於中菜西吃，那一種調和的方式，更不能令人滿意，與其中菜西吃，似乎又不如自助餐的方式了。所以談起吃來，吃的東西和吃的方式是兩個題目，不必混為一談的。

飲虹（50-10-08）

轉房俗

「轉房」是中國婚姻制度中的一特例。有田曙嵐君記廣西凌雲客民的風俗，道：「一般孀婦多不願改醮，例可配夫弟為妻，名曰轉房。」這風俗怕宋代已有了，《容齋四筆》提到靖州風俗：「凡婚姻，兄死弟繼。」《湖南通志》中記苗俗也說：「兄弟故，收其妻。」據我所知在四川、湖北、江西都有這種風俗，不獨廣西、湖南。有人說，倮儸族不但平輩可轉，上二代或下二代的也有，不過以平輩為準。又「女就男」跟「男就女」往往視財產為定。甚至有夫未死，她即轉房；那轉房的原因，完全基於實際生活，不給財產外溢。又女方有財產並有子女的，如不願轉房的，也隨她的便。如果沒有子女，同族得強迫著她，仍然以生育子嗣為詞；然而這多得本人的同意。但勞農們的家庭易於推行這轉房的習俗，而所謂「縉紳之家」的知識份子便畏首畏尾的不敢這樣做，這怕是受了南宋理學家的影響，做禮教的俘虜了。

雲師（50-10-08）

棉袍因緣（上）

這不是一本傳奇，是七十年前的一件事實。不過，最近我才聽見。在中秋那天，我在津逮樓，聽慰弟所說。故事的主人是去世才十多年的仇淶之（繼恒）先生，這是他秀才時的事。他從小和楊家訂了一門親，楊家對仇氏之貧，是認為不滿的；那時雖然定親，男女並未會過面。這一天，大約也是秋天，他在城南一條深巷經過，正在黃昏擦黑的時候。見牆角彷彿有人影在動，瑟縮的樣子，彷彿是人家一位閨女。他便問道：「是誰在那兒呀？」他聽見一個女音在回答：「我家被火了，單衣逃出來的，有些冷！」仇就解下了棉袍給她，也沒有問她姓什麼，家住哪裏？他也就匆匆的回來了。

過了一年，他中了舉，上北京去會試也會上了，成了一位少年的翰林，回南來成親。在結褵之夕，看新人在箱櫳中取物，有一件棉袍。他仔細一認，這件棉袍正是自己的，他大為驚愕！他想查問這一件棉袍的來歷。可是當年初婚的時候，不能隨便的開口。他忍了幾天才得向新娘查問。新娘就把舊事重提了。

（50-10-09）

棉袍因緣（下）

她說：「三年前，家中不慎起了火，全家逃出。我在後門口，因為單衣走出來的，覺得很冷。恰巧有人經過，這人竟脫了棉袍給我。可惜我不曾問他姓名，這真是一個心腸慈善的人。」仇說：「你知道這人是誰麼？」她說：「我不是說不曾問他！」仇笑道：「此人遠在天邊，近在眼前。」她驚道：「原來就是你！」……

他們是老早對的親，並不以棉袍而成因緣。何以說是「棉袍因緣」呢？因為一件棉袍的關係，使她敬重了他。他雖見她還不認識她，但他的同情心因棉袍而表示。同時她珍視這件棉袍，大有感恩的意思，放到嫁奩中來。這棉袍是促進兩人恩愛的東西，也可以說是「棉袍因緣」了。

仇先生已去世，但仇老夫人現還健在，今年是九十四歲。我為著這傳說要去訪問她。這故事大可充小說或戲劇的素材；需要經過她老人家自己的補充，情節似乎還不夠曲折。

仇立甫先生是她次子，我們常在一處談笑；他也六十九歲了，每到晚上十時便急著回家，因九旬老母為他候門，使他不安。據說老人家還能做女紅，閱書報，這真是人瑞了。

（50-10-10）

函夏考文苑

「函夏考文苑」相當於現在的科學院，是三十七年以前（即民二），章太炎、梁任公、馬相伯所發起，實際上是馬相伯提出的。因為計畫中規模太大，沒有實現。章太炎被袁世凱看管起來，由章氏門人錢玄同等代請袁改設弘文館，也未成功。現在關於「函夏考文苑」的文件，還有九種存在馬相伯文集中。當時向袁提議的六項：一，說明法路易十四時，有同樣的組織，平常有五六人在王宮中聚會。二，該苑不干政治，上不屬政府，下不屬地方，專做編「字類」、評題著作、表彰獎勵學術等事。三，定額四十名，寧缺勿濫；俸低而獎金厚，以崇研究。四，苑常進行懸賞表獎二事，俾學人收放心化野心。五，請撥官荒千頃為基金。六，院址宜大，最好用古建築。當時曾將以關外海灘沙地給他們，其後未果。又打算指定北京北海的閱古樓與漪瀾堂為苑所，結果也沒有辦成。這事倒是開科學院的先聲，論規模還不如現在科學院偉大，工作的範圍考文苑比較要小多了。

雲師（50-10-09）

「應井潮深柳毅祠」

何仲默有一句詩，叫「應井潮深柳毅祠」，被胡應麟在《二酉拾遺》中大罵一陣，說他用唐宋事，這樣鹵莽。又說：「唐宋小說如柳毅傳書洞庭事，極妄誕不根，文士亟當唾去，而詩人往往好用之。」他說它「妄誕不根」，不知道「妄誕不根」的神話，正是人民的愛好，為民間最流行的傳說。詩人用它來點綴有什麼不可以？可笑的他又說：『唐人傳奇小傳如柳毅、陶峴、紅線、虬髯客諸篇，撰述濃重，有范曄、李延壽之所不及。』他自己的議論，前後矛盾如此。不過從他的文中，可知明人對《柳毅傳》的反映是如何。元人將它編成雜劇，也許應列入十二科中的「神頭鬼面」，可惜沒有能變成名劇。

這次梅蘭芳劇團又把它編成了京戲，我想，至少比嫦娥奔月要高明一些，因為龍女化成范陽盧氏，她已具了人情味。洞庭錢塘二君雖同是人化的神，恰代表兩種不同的性格，不似奔月之單調，何況柳毅始終是一個有血有肉的人！

雲師（50-10-10）

啟蒙書

逸梅先生所著的《味燈漫筆》，於現代文壇耆彥記敘甚詳。其中有一則說到胡懷琛喜收藏啟蒙書，這是以前我沒有聽到過的。他有《三字經》二十七種：什麼《三字經訓詁》，王相晉升撰。《三字經故實》，王琪弁甫輯。《大三字經》，趙德集群經成語。還有華英合編、中法文對照、釋教的、醫學的等等。我知道回教也有《三字經》，太平天國也有《三字經》，當然最後是章太炎《重訂三字經》。若就《三字經》談版本，自元至民初，就應有幾十種，在裏面談歷史部份，每朝代皆有增益，這是很容易看出來的。《百家姓》，有《百家姓考略》、《百家姓三編》；《千字文》也有二十一種，如《千字文釋義》、《續千字文》、《女千字文》、《繪圖新千字文》、《千字文音釋》，蒙漢文的、華英文的；這都是很可寶貴。據說他有《蒙書考》，連同所藏這些啟蒙書都歸震旦大學圖書館了。在「三百千」以外，什麼《千家詩》、《神童詩》、《弟子職》、《幼學歌》，至少幾十種，每種又幾十或幾冊不同的版本，可說是洋洋大觀了。我一直很重視《三字經》，叫它做《小百科全書》，王應麟的編輯手法很可推崇，不知現在兒童教育家對它的估價何如？

（50-10-11）

滇南謎語

在舊書堆裏，檢出幾張廢紙，其中有雲南順寧楊香池寄給我的「滇南謎語」，可惜已不完全。那時我在四川作客，搜集各地謠諺，楊君由滇省寄了不少材料，這紙上只存了八則謎語，都屬於植物類的。一、「青竹竿，十八節，長到老，不有葉」，猜木賊。二、「格子格，櫃子櫃，裏頭躲著四姐妹」，猜胡桃。三、「開花開一朵，結果結千萬」，猜朝陽花。四、「開花開一朵，結果結一籮」，猜芭蕉。五、「少年紅，中年綠，老來肚皮破，露出黑珠珠」，猜花椒。六、「一根腳杆，兩片腳板」，猜豆芽。七、「紅燈籠，綠寶蓋，千人買來萬人愛」，猜柿子。八、「青枝綠葉，綠葉青枝；半夜結果，神仙不知」，猜慈姑。這些名物大都還是我們所知道的。在謎語中有時也反映許多地方風物，在研究民俗學的人看來，搜集謎語也是一件有價值的事，跟輯錄謠諺是具有同等意義的。

雲師（50-10-11）

田崑崙（上）

在冷攤上購得民國十三年羅振玉在天津印行的《敦煌零拾》一冊。其中六卷，以句道興的《搜神記》，於我最生疏。可是仔細翻閱一過，我才知道這裏有不少好的題材。如田章，這個天女的兒子底傳說，與中亞一些類似的神話一樣的可愛。這故事的主角是田崑崙。說起「崑崙」來，在唐代有不少用這名字的，如「崑崙奴」，振鐸就說是非洲尼格羅人。還有彈琵琶的「康崑崙」，楊憲益在《零墨新箋》中也曾考證過，認為是另一種族。那時西域人本與漢族的風俗習尚，不盡相同。田崑崙因家貧還未娶妻，這天在郊外見三個美女在池中洗浴，兩個大些的一會兒變成兩隻白鶴。那小的底天衣，被崑崙偷了，因此要挾她嫁給自己。同居不久，生下一個男孩子，取名田章。這時崑崙西行，將天衣交給他母親，叮囑千萬不要給天女看見。而天女向母親索天衣，說：久沒穿著，不知大小。母親把天衣收藏床下。過一天，天女又要看，母親不肯；天女說：「先前是天女，現在與你兒子是夫妻，又有了孩兒，我哪捨得離去呢？」母親牢守著堂門，取出天衣；哪知她將衣一著，竟從窗飛出，騰空上天去了。這天女在世間五年，天上不過才兩天，見到她兩個姐姐，又思念田章，不覺啼哭。兩位姐姐勸她，說：「不久你們母子就要相見。那一天，我們姐妹三個再到人間去遊戲一番罷。」

（50-10-12）

田崑崙（下）

田章天天哭著，想念著他的母親，就是那一位天女。這時有位孝子董仲來告訴他：「天女又要下界了！」叫田章日中時到池邊，有三個婦人著白練裙的，前兩個一定舉頭看你，最後一個低頭佯不看你的，便是你的生身母。田章照董仲話去做，果然來了三婦人，果然那婦人佯不看他的，但忍不住悲泣起來，三姐妹展開天衣將他帶上天去了。天公見此外孫好不歡喜，又把一切方、術、技、藝、能都教了他。天上四五日，人間已十五年，又授與文書八卷，令田章取一世的榮華富貴。於是田章這一個孩子立時得天子的寵愛，別人所不懂的他能懂，別人所不會的他能會，馬上就做了僕射。沒有不知道他是天女的兒子，不然他怎會有這樣的本領呢？這故事只說到此處為止。不久以前，我看過一張蘇聯繪製的兒童卡通片，叫做「小飛馬」。情節與此並不一樣，就是那通神的飛馬給他騎的飛來飛去，也頗有奇趣。我想，若以田章這題材繪製一卡通片，其效果並不亞於「小飛馬」，可以斷言。我的推測，在中亞各民族，一定有像天女兒子這樣同類的故事。句道興的筆致也極古拙，我認為干寶的《搜神記》還不如此書的有趣呢。可惜同時的傳奇文家不曾將這題材寫成一篇極動人的傳奇文。

（50-10-13）

金聖歎何所歎

關於金聖歎的傳說，很多紛歧，不獨死期生日，就是他的姓名，也說法不一。比較可信的，張若采另是一人，他還是姓金，名采。廖燕的〈金聖歎傳〉：「鼎革後，絕意仕進，更名人瑞，字聖歎，除朋從談笑外，惟兀坐貫華堂中，讀書著述為務。或問聖歎二字何意？先生曰：《論語》有兩「喟然歎曰」，在顏淵為歎聖，在與點為聖歎，予其為點之流亞歟？這分明他是以曾晳自居了。獨《辛丑記聞》說：「金聖歎名喟，又名人瑞，」別的書從來未提到他名喟的事。也許因聖歎而聯想到喟了。我覺得金聖歎的歎，在〈丁祭彈文中〉中表現得最好。文云：「天將晚，祭祀了。忽聽得兩廊下吵吵鬧鬧。爭胙肉的你瘦我肥，爭饅頭者你大我小。顏回德行人，見了微微笑；子路好勇者，見了心焦躁。夫子喟然歎曰：我也曾在陳絕糧，幾曾見這餓莩！」他這歎，正歎的是秀才們這個調調兒。因此有人說他前生是狐，又有說他前生是和尚。因為他的生日在三月三日，是文昌誕辰，又說他是文曲星了。他的被殺在順治十八年七月十三日，他們同案十八人和金壇鎮江兩處的犯人一共一百二十一人，在已時都在南京三山街砍頭了。這記載也見於《辛丑記聞》，總算是比較可信的。

飲虹（50-10-12）

自成一家

過去的書畫家或文人，就愛標奇立異，認為只要能「自成一家」，這便是最得意的事。因此有將這四字刻作小印的，不過姓李的用起來，有人疑心是指跟闖王李自成同宗而言了。吳趼人《趼廛筆記》曾記一則：「書畫家例多作閒圖章，以為起首押腳之用。其圖章之文，或取古詩，或取成語，無一定也。畫士李某倩人作一閒章，文曰『自成一家』，見者譁然。細思之，實足發人狂噱也。」清末，濟寧李一山（汝謙）故意的治此一印，他是個玩世不恭的人，曾為萬其誼作聯云：「一十百千，尊姓應登流水賬。鄉寅年戚，大名常見報喪書。」又集「在天願作比翼鳥，隔江猶唱後庭花」兩句唐詩贈周翼庭。入民國後，在山東黃縣任知事，被張宗昌指名逮捕，他改姓潘名德，冒充潘復的哥哥，竟逃到北京去了。此人胸襟這樣開闊，所以才覺得跟闖王同宗是光榮的。

雲師（50-10-12）

「無疵轉不算完人」

李一山作張之洞的輓詩，有這樣兩句：「有福方能生亂世，無疵轉不算完人。」我認為不管對張之洞切合不切合，這兩句話卻極有意義的。我並不是誇張什麼缺陷美，但一個人必有其缺點；有缺點經人家或自我檢討出來，隨時矯正，隨時改造。所謂「完人」是指毫無缺點的人說的，天下有這般毫無缺點的完人嗎？這是絕不會有的。一山這樣說法是又進了一步！他覺得沒有缺點轉算不了完人，這「轉」字，這「不算」兩個字是多麼深刻。在學習高潮普及的今天，這一句詩很可供給大家玩味。至於上句「有福方能生亂世」，這很容易瞭解，不過他所說的「亂世」，應該做變動的解釋，在今天該說是「大時代」。我們生逢大時代是幸福的，我們不要自卑，假使沒有缺點還不能算是一個完人咧。做一個完人，必定能是矯正他的一切缺點的人。

雲師（50-10-13）

盤夫索夫

好久沒有看越劇了。昨天乘興到「金谷」看了一次《盤夫索夫》。有人說，南京三家越劇院，「大鴻樓」專看生，「民眾」專看旦，只有「金谷」這葉素琴劇團搭班最整齊。《盤夫索夫》又是越劇名戲之一，侃兒一慫恿，我們立即前往。

《盤夫索夫》的故事，出於「十美圖」，這女主角扮的是嚴世蕃的女兒，她所嫁的鄭公子（我疑心鄭應作沈），原來這公子早已改姓張了，他不知道娶的是仇家女，非常苦悶；在書齋中獨自怨歎，又被新婦聽見了，於是在書齋裏表演這「盤夫」的一段，有許多句「莫非是……」，使我們聯想到京戲中的《四郎探母》，大有「坐宮」時左猜右猜的情形。等到新婦問出他的身世，決計幫他隱瞞，表示「夫妻的情好」勝於「家屬的關係」。上半段僅靠兩主角在演唱，但並不覺得它單調。「索夫」的一段，就比較熱鬧多了，情節也比較繁複。當公子赴相府祝壽時，遇到趙小姐。遊園時幾乎碰見趙父（也許就是趙文華），藏進小姐的閨房，於是公子便失蹤了。嚴女來府尋找公子，帶了打手，以及廝打趙父，都是很精彩的去處。雖然結果不免老套來一個大團圓，而此劇剪裁得很緊湊；在其他戲文中又沒有同題材的，所以我看得很滿意。詞句確甚通俗，不過如「你若不打中發白，他如何能和三臺」以及「比方紅綠燈你要不開，他的車子怎樣過來」之類，如果嚴格的說起來，也是很有問題的。據說是演者臨時增加的，別的劇團並不這樣唱的。那又是抓「哏」了。

（50-10-14）

短後裝

最近看到一位朋友的詩，說到他女兒穿上武裝，他用了「短後」二字，這是不恰當的。因為現在的武裝並不是「短後」，用「短後」使人家不知道你說什麼。短後那種箭衣似乎只有清代帶兵的人穿，我們不能將它作為武裝的代名詞。不過因為「短後」二字，想起了錢泳所著的《履園叢話》，其中有一節說：有個成衣匠為人製衣服，他要詢問此人的性情、年紀、狀貌，並何年得科舉，獨不談尺寸；大家都以為異。成衣匠說：「少年科第者，其性傲，胸必挺，需前長後短；老年得科第者，其心慵，背必傴，需前短而後長；肥者其腰寬，瘦者其身仄；性之急者宜衣短，性之緩者宜衣長。至於尺寸，成法也，何必問耶？」此事明人《敝帚齋餘談》上就有相類的記載，清初周容的《春酒堂文集》上也有一篇〈裁衣者說〉，由這一傳說又變成寓言了。連梁章鉅的〈歸田瑣記〉也有一段，可見這傳說，既遠且久。我們只要拿它當笑話說，不過成衣匠的這番話自有他的道理。準此以看短後作為武裝，原是對的，只是清代穿箭衣的那些將軍，工於趨蹌，胸未必挺，傴著背穿短後裝，樣子的可笑是可以想像的。

飲虹（50-10-14）

魚邊草

蔬食有兩種人：一是衛生家，一是因宗教的關係。當然這裏所謂宗教係指佛教而言。要是回教，尤其在西北的纏回，他們只吃牛羊肉，也不大吃菜的，他們認為牛羊吃草，我們要是吃草，等於吃牛羊的食料了。至於佛教徒不吃一切的肉類，只吃蔬菜。有的居士雖然戒了口，但和肉類在一起烹煮的蔬菜，他們也吃，是名「魚邊草」。我看到孩子們專揀菜碗裏肉塊吃的，我戲稱他們為吃「草邊魚」的專家。我個人是個不分草魚總吃的，有時在寺廟中隨喜，和尚請我是蔬菜，我也頗能欣賞。不過，遇到他們用芹根做的「素蝦」，或腐皮包芋頭做成的素魚素鴨之類，我都表示異意。笑他們未能忘情於「肉類」；既像其形，又襲其名，如此做作，不如痛快的吃葷。就是吃「魚邊草」，我也覺得很可笑，因為魚的精華正在草中，吃了草已是啖葷，怎樣還冒充蔬食呢！若論知味，還遠勝於我的這些吃草邊魚的孩子也。

雲師（50-10-14）

戲劇同源說

勤孟兄指定要我發表一點關於世界戲劇同源的意見。起初，我從《修行道地經》上「譬如國王而有俳兒」跟「那吒迦」的說法，我就認為「俳兒」是意譯，「郭禿」是音譯，中國所謂「文康向庾亮」（見《顏氏家訓》），是受梵劇影響，曾有「郭禿解」之作。這只是說佛經裏提到的「戲」，這幫助過中國戲劇的發展。後來我在南疆看阿克蘇劇團演過《塔依爾棗娘》（這戲在蘇聯曾製成五彩影片），情節極似莎士比亞的《羅蜜歐茱麗葉》。就劇的外形來說，有舞臺監督的「總敘全劇情節」，也似古劇中淨末登場「傳概」或「提綱」，這是開場白。至於末尾結束部份，不管悲劇或是喜劇，總有一個交代；尤其穿插做夢的場面。我不知道希臘古劇所給予歐洲戲劇的影響怎樣，從印度戲看來，它不獨影響了中國戲，當亦影響到莎劇。我曾譯過《沙恭達羅》（叫它做《孔雀女重圓金環記》），我敢說在那麼古老年代，印度已有了完整的戲劇形式。我假設唐初的《樊噲排君難》是中國第一本比較正式的戲劇，比它已晚了多，再說英國的莎劇，更不知差了多少年代。我始終疑心世界上的戲劇都是受印度影響的，應該可以同源出於印度，一篇小文章是說不完全的。我仍然在搜尋資料中，他日當另文詳論之。

（50-10-15）

談「輕心以掉之」

「輕心以掉之」這句話，是柳子厚論文中的一戒。就是今天講來，它仍然值得給執筆者做座右銘。例如我在本報所記那一篇〈趙次閒絕技〉，我就說「這名字並不陌生。我正思索他是一個怎麼樣人？」我那朋友趙先生「笑」著說了下面一段話，我回來就那麼寫下來了。若是「不輕心」的話，應該查一查；趙次閒的確不是陌生的名字。果然沒兩天，褚東郊、鶴谿、曉敷三君便為我訂正，他們指出與說明，這種盛意極可感激的；但對於我平日執筆為文，就不免有所警惕。當然記人姓名也並非一件容易事，尤其在記憶力衰退的我，遇到極熟的人有時且說不出姓名來，見過這姓名一兩次的，只覺得「不陌生」，竟說不出是現代人還是古人來。承曉敷君講出趙四小姐之父是趙慶華，我才恍然大悟。至於那朋友「笑著」說，他是有意還是無意，我倒要去問他，怕也是「無心的錯誤」罷。我所以特別寫這「笑」字，正是他說這話時語氣有些異樣；若他是有意的，那麼更顯出我是「輕心以掉之」了。好在主題是那一串紅珠，我對篆刻又外行。不過因此我認為雖說一句隨便的話，應該還是慎重些好。

飲虹（50-10-15）

先兒

讀勤孟〈談先生〉一文，使我想起南京人所稱「先兒」。這字是兩個字音並成的，講起「那一個人」便說「客先兒」。這就是先生分用的一證，不過他們說起來多少有點輕薄的意思。早幾年有一位漫畫家畫了〈克先生傳〉，他寫「客」為「克」，先兒作先生，掉一句文，應該作「斯人傳」；後來又有〈小克日記〉，說小克是「客先兒」的兒子，這已不是方言的紀錄；因為並無小克這個名稱。「兒」字是南京方言的一個特色，無論「今兒」、「明兒」、「昨兒」，或「杯兒」、「筷兒」、「碗兒」，或「老頭兒」凡是帶個兒字的，一定跟上面一個字拼起來讀。我想：「先兒」本來是很莊重的稱呼，被有些人隨便引用，才成了輕薄的口吻。那正是「訛過一點兒」（即差錯的意思）了。又「君」字與「先生」兩種稱呼，哪一個尊敬些？這也有時代的差異。像漢代稱許叔重的「許君」，比現在經常的「許先生」似乎要尊敬些。章太炎的弟子們作起文章來稱「章君」，而口頭上還是叫「章先生」，這也是時代影響，所以口號就不一致了。

雲師（50-10-15）

梅巧玲焚券

梅巧玲是畹華的祖父，儘管他死去還不到七十年，關於他的傳說已有很多的紛歧了。連他的名字都有出入；孫靜庵《棲霞閣野乘》作梅巧玲字麗芬。李蓴客《荀學齋日記》丁集下作「蕙仙名巧齡」又云：「蕙仙更名芳，字雪芬。」樊樊山在畹華祖母八十壽序中卻作「慧仙」；張祖翼《清代野記》稱之為「胖巧玲」。他死時不過四十一歲，孫、樊、張皆提到他生性慷慨，常救人之急。《野記》講明是桐城方朝覲字子觀。樊說：「選人」，孫說：「某太史」，大約就是方氏。在會試前，窮到不名一文，方僕還恨梅巧玲，以為主人是因著他而弄到衣物皆罄。這天，他又來了，慨然借金給他（孫作二千，張作二百），誰知方在高中以後，不到兩月，竟病死僧寺。巧玲著素服至，眾人以為他來索逋！正愕眙間，他在靈前一陣哭以後，掏出借券來，就燭上燒掉。使在座的一些方氏生前的朋友們傳為美談，比於馮驩的焚券。其實馮驩是慷他人之慨，並非像梅巧玲犧牲自己的老本。巧玲子肖芬（一作幼芬），便是畹華之父。名雨田，乳名大鎖的，那是畹華的伯父。據蓴客日記：巧玲是光緒壬午十月十七，因心痛病死的（怕就是所謂狹心症罷）。

（50-10-16）

枯木與蒼厓

和尚多半是離群索居，跟大眾有相當距離的；因此出家人而身懷相當技藝者，也不大愛公開的表現。例如南京這幾十年來，我所知道的兩和尚，一是彈琴的枯木，二是繪畫的蒼厓，他們駐錫在南京，不必是南京籍。枯木的行輩早於蒼厓，他的琴藝非弟子不傳，有個黃勉之為著學他的本領而出家做和尚，等本領學到家又還了俗。據勉之說這是「廣陵正宗」，因我是不懂琴的，所以更本談不上琴法。張之洞有一度跟勉之學過琴，於是枯木的名氣因勉之而始顯。後來黃勉之在北京和一些文人往來，民國以後才死去，葬在龍樹旁。新城王晉卿為他作的墓誌銘，也提到枯木。我曾查考過枯木的事跡，只知黃勉之外，他還有一弟子寧遠楊詩伯，別的便無從知悉了。至於蒼厓和尚也因為收蕭厔泉（俊賢）這一大弟子，才知名於世。他似乎比枯木隨便些，他是掛單在門西一個廟裏，常常逛秦淮河的。那時寫「洞庭波送一僧來」名句的「詩人和尚」八指頭陀（寄禪）也在南京。不久，曼殊到陸軍小學教英文，往祇垣精舍聽經。這幾個和尚都各一套。一直到民國五六年，李叔同也在南高來教藝術課，那時他還沒出家，後來他又是弘一法師了。

飲虹（50-10-16）

妲己的歸宿

紂王所寵愛的妲己，我們不能不說她是最古的妖婦了。究竟她的生命是怎樣結束的？這是一個疑問。在《三國志・崔琰傳》，附孔融事，裴松之注文引《魏氏春秋》：「袁紹之敗也，融與太祖書曰：武王伐紂，以妲己賜周公。太祖以融學博，謂書傳所紀。後見問之，對曰：以今度之，想其當然耳。」在《後漢書・孔融傳》：「曹操攻屠鄴城，袁氏子婦多見侵略，即操子丕私納袁熙妻甄氏，融乃與操書，稱武王伐紂，以妲己賜周公。操不悟，後問出何經典？對曰：以今度之，想當然耳。」這「想當然」當然未必「然」的！後來演《西施》的戲文時，范蠡向勾踐說：「今日西施已做過吳王之妃，豈可配於臣下。」那勾踐便引「妲己賜周公」故事，以為前例。究竟妲己嫁了周公沒有？我認為我們大可不必考證，而對妲己應當如何處置？「以今度之」，不妨加以考慮。給她再嫁一個人，怕那一個人（不管是不是周公）未必敢受而不辭的？有了妲己為配偶，還能不搞壞他的事業嗎？

雲師（50-10-16）

李光明莊

也許四十五六歲年紀的人，受過私塾教育的，一定知道有一個李光明莊。因為那時的讀本，《三字經》、《百家姓》、《千字文》也好，四書五經也好，《龍文鞭影》、《幼學瓊林》也好，大都是李光明莊印行的。據說它所印書的銷路，北方直到關外，南邊到沿海各省，幾乎可以普及全國各地。它何以能有這力量佈置廣大的發行網呢？原來李光明是跟曾剃頭在「大營」中工作的。那時在太平軍裏有鐫刻營，專號召刻手在從事雕印或刷布廣告。而曾營中就是由李光明包辦。等到清軍入南京，李光明便跟著來了，起初包辦鄉試考場中的印題和文卷事務，隨後就開設書莊專印行一些流行的書籍，沒幾年工夫成了出版界的壟斷者。雖然經過什麼湯明林等幾家鬥爭，依然在他口中奪食，是沒有什麼結果的。曾等在各重要城市有官書局之設，刻經史之類，對李光明並無任何影響。它一直維持到抗日戰爭前夕。不過它的那些書，後來又敵不過新書局所發行的教科書了，李氏的子孫多半也改了行。它的名號，在近二十多年才日漸銷沉了的。

（50-10-17）

談易名

在十日本報的第一版上，看到了王曉籟先生易名「曉耒」的消息。想起帝制時代的所謂「易名」之禮，那便是賜諡。要在這個人身後才舉行的。「諡」有三種：第一當然是專諡，論諡法也有相當的條例，大概必翰林出身才用「文」字。唯一例外是左宗棠，他雖不是翰林，卻以「文襄」為諡。因他曾為著這個「文」字爭要應試，等於在生前特許了的。第二等是通諡，這是「一榜及第」的辦法，例如乾隆間對於明末死事的那些「節愍」、「貞愍」之類。第三等是私諡，有的是門人給先師議定的，有的家鄉人給先賢議定的。有的人逕稱之為鄉諡，說起來這種易名算是屬於榮譽的。第三等還比較有一點意義，前二種可謂官樣文章。過去一些有閒階級愛弄這一套玩意兒，老早是過時的事了。溥儀在偽滿洲國的時期，還玩過這一套花樣，曾給陳寶琛來一個什麼「文忠」，而對於鄭孝胥的封號，就只是「勳一位」之類了。

可是，現在王曉耒先生這樣的易名，跟那樣的事就大不相同。一個人的名字本是一種符號，為表示自己將接受新生，表明自己的決心。所以起上一個新名字，名為實賓，尤其出於自覺、自動；這樣的易名，不是完全沒有意義的事。

飲虹（50-10-17）

木蘭傳奇

看到女戰鬥英雄郭俊卿的典型報告，說她改男裝了五年，在戰場上和其他鬥士並肩作戰，一直隱瞞著自己的性別；不由得使我們聯想起木蘭來。關於木蘭氏族時地的考證文字作者甚多，我只想說一說關於木蘭的戲劇。我所見過的只有三種。梅蘭芳先生演的《木蘭從軍》該是本自徐文長《四聲猿》之一的《雌木蘭替父從軍》。這本戲我認為是明代最好的雜劇之一。彷佛另有題名《木蘭傳奇》的一種，共是二十四齣。第一是〈傳概〉，通常傳奇中叫做家門，不是〈沁園春〉一首，便是〈賀新郎〉一首，它卻用的集曲《十二紅》。大約民國初年在上海一張戲報上登過，還有二十四幅插圖。在情節上並沒有加什麼穿插，詞句遠不如文長的好，似乎不曾有過單行本。又不知綴玉軒中有此一本否？梅先生演的一本，和文長的原本比較易見。我想，若是把郭俊卿搬上舞臺，最好用地方戲形式，不妨取名「今木蘭」也。

雲師（50-10-17）

豈甘為狗

有時覺著身體不舒服，兒女們便勸我休息；我笑說：「難道要我做狗？」他們便不好再開口了。這句話是有典故的，這典故出於一則民間傳說：相傳一個人要投胎，這時和他在一道輪迴的，有一馬、一牛、一狗。那閻羅給馬二十年壽，牛二十年壽，狗十年壽，準備給這人也活二十年，他當殿便抗議了！「為什麼做一個人，只活二十年！」因他討價還價式的在力爭，結果閻羅答應給他五十年壽。期滿回來，閻羅問他：「做人的味道如何？」他說頭二十年倒像馬一般的活躍，娶妻生子以後，真又成了牛一般的負擔，兒女才長大起來，他們又叫我做狗了，給他們看了十年門戶，這就是我的一生。當然這是笑話，在這故事中將人生分了三段，論年齡我已是「狗之年」了，然而，我豈甘為狗！我自視還可以為馬為牛呢！這故事我曾說過，兒女們是知道的，所以他們勸我休息，我偏不愛休息；我認為有生之年，皆應該為大家服務，不惜費馬牛之力，卻不甘像狗一樣的在廝守著。我本還不算老，不必說什麼「不服老」！人生又豈能以五十年自限，現在說起來七十並不為稀，八十九十亦很平常咧。

（50-10-18）

群碧樓

在來青閣書店看到鄧孝先先生的《群碧樓書目》，我尋找這本書目很久了，不想於無意間得之，不禁喜出望外。我們這位鄧七丈因為得到《李群玉集》、《碧沙集》兩個宋本，所以才題名群碧樓。其實那一部錄印的《墨子》比這兩部唐人詩集還要名貴。他一生的積蓄花在收藏上，晚年覺悟到私藏不如給公家藏，便把全部圖書讓給中央圖書館，這時候他才編刊了這一本書目。我所以找這本書目的目的，不過知道哪些書到過他家？有一些什麼好書？

七丈暮景極為淒涼，兒子魯傳在抗戰期中成渝道上翻車而死，他又在極悲哀的情緒中刻了他的《漚夢詞》，將他曾祖父嶰筠的奏稿編成《鄧尚書奏議》。因為禁煙防侮，他（鄧庭楨）始終與林則徐做搭檔的。書成，七丈也就完了。他一筆好鐵錢篆，又愛畫幾筆，我覺得不難求，所以當時就沒有跟他討，這是最使我後悔的一件事。現在連這個著目都不易搜尋，偶然得之，自然是值得珍視的了。

欽虹（50-10-18）

敬菜

北方有許多習俗與南方是不同的。這兒所謂北方，在河南就是這樣。最顯著是上館子，無論大小店家都是熱忱招待，一見面就說：「你老，久不來啦！」儘管你還是第一次到那家去。等你入座以後，問你要菜。在所指定的菜以外，一定還有一樣菜，不要你付值的，是謂「敬菜」。就是你們再小吃，他這「敬菜」也少不了。例如開封書店街的味蒓樓，據說還是百年老店，他們所用「敬菜」多半是甜食。我問過跑堂的：「你們敬菜不收錢，可不貼本了嗎？」他笑道：「你老多給幾個小賬，就在裏面了。」敬菜之風，在河北、山西、山東，大概都很普遍，渡了淮水，似乎就不見有此習慣，在江南更無此例。這不過是一種營業方式，也可以說是廣告術。有老館子以「敬菜」出名，反而它所烹調的普通菜不如「敬菜」，這也是不足為訓的。解放後，我不知道各地還有這敬菜的風氣否？

雲師（50-10-18）

彈詞韻

張一蘋先生傳鈔了一本彈詞韻，慨然借給我；在上海旅居了多日，始終沒有鈔成。回到了南京，由女仔、侄女儉費二日之力，就為我寫畢。彈詞韻共分十四部：一、東同，二、江陽，三、支時，四、齊微，五、歸回，六、居魚，七、蘇模，八、來山，九、家麻，十、真人，十一、歡丸，十二、先天，十三、蕭豪，十四、尤求。從韻目上看，除了「來山」很特異之外，其餘彷彿與中州韻差不多。「歌羅」一部份併入「家麻」，「魚虞」一部份又併入「支時」，「侵元」當然是在「真人」之內的。「庚」韻中像「橫」、「轟」這些字在「東同」，而「庚」、「更」等字又入「江陽」；在「家麻」中又有「鞋」、「柴」等字，這畢竟是吳音。我們用詞韻或曲韻來寫彈詞，總歸有隔靴搔癢之感。吷庵翁早年告訴我：杭州城裏至今還帶著開封語音，是跟宋室南渡而來的。說杭州音韻出於中州，不是沒有原因的；而蘇州並不如此，是彈詞韻仍然為純吳音的產物，是無疑義的。從弦子上彈出的聲音，應該必守此韻，似乎也不容疑慮。彈風如此的興盛，此韻本是值得印行的。多謝張先生，使我案頭有了此冊，增進「開篇」製造的便利，我是非常感謝的。

（50-10-19）

夫子的故事

夫子是古時候對老師的尊稱，但從前婦女行文時，也有稱丈夫為夫子的。對於夫子，還有一段小故事可說，是我在四川聽人家談起的。某一天有一位婦人，當然她是知識婦女，她坐了一乘滑竿，催這抬滑竿的說：「喂！夫子，走快些！」這抬滑竿的便嘰咕道：「夫子，夫子！你們稱先生（丈夫）是夫子，孔夫子也是夫子，我們又是夫子！」這婦人頗有急智，她說：「這三個夫子寫法不一樣呀！孔夫子的『夫』是先寫一然後寫大；丈夫的夫是一個天字，然後寫出頭那一筆。你們這夫字是一個人字，然後加上横槓子兩條。」那抬滑竿的說：「笑話，笑話！」

不錯，這故事是笑話，然而從這笑話中卻反映出不少舊社會的原形來。那時候是不知道重視勞動的，叫那個勞動的人做夫子，是用一種鄙夷不屑的口吻的。丈夫的「夫」先天字，就是孟子「仰望終身」的意思，孔夫子之成「一大」，當然又是封建時代的意識。這三個夫子是有階級性的。

婦女稱丈夫為夫子，在今日已少見了。這些年來，倒是用密斯脫、密昔斯、麥歇、麥丹姆這些英法語互稱的不少。在四川時，還聽到一個笑話，有一家人家的女僕出來說：「我們這兩位主人最怪！男呼女是大娘，女叫男的是爹。」人家聽了不懂，研究之下，原來他們也是用的英語，大娘就是「達玲」，爹就是「的爾」，在樸素的鄉婦耳中聽來，便變成大娘和爹了。

飲虹（50-10-19）

家庭間

在西南各省去洗澡，有許多人總認為不如在北道上。平津也好，魯豫也好，有些澡堂簡直可以給你過日子，不獨喝茶、撒糞；早中晚吃三頓飯，連睡覺都可以。這種澡堂包括茶館、飯店、旅社三種用處，自然會客、讀書更不在話下。然而西南各處的浴室，尤其是在重慶，它們有所謂「家庭間」，那是北道的澡堂而不能包括的。望文生義，應該「家庭間」就是全家包下，前來沐浴的；然而不然，這「家庭」兩字竟是男女組合的代名詞。家庭婦女因為「家庭間」的聲譽不好，反而寧可往「女浴堂」，而不去。越是這樣，「家庭間」生意越興隆。在抗戰初期，四方人士雲集重慶的時候，備有「家庭間」的浴室幾乎無不時時客滿。在沐浴麼，還是幹什麼別的勾留？那就非外人所得而知了。不久，就發生五三五四大轟炸，這些浴室大半毀去，而新建的浴室也漸漸改變了作風。

雲師（50-10-19）

林吉士的「咊」

有一個很著名的故事：在清代乾隆時，一天，一位年輕的翰林把古墓上的「翁仲」說成了「仲翁」，乾隆便口占一詩道：「翁仲如何叫仲翁，十年窗下少夫工。才疏未可為林翰，罰爾江南做判通。」這七字四句，每句的末二字都是顛倒的。同類的故事，在明代正德間，有一位福建人林吉士，他好寫古字，如秋天的秋，他寫作烁之類。因此事引起正德的注意，他也寫了一個「咊」字給林認。林說：「認不得。」正德笑道：「這還不是和字麼？你讀書太少，罰你回去再讀三年書來應試。」於是林吉士在北京流落下來，在正陽門外設攤賣字。過了些時，正德微行到此，見他字寫得不錯，問他何以不求長進，不去應考。林說了不識「咊」字的事；於是這位客人答應薦到鄰省去做幕賓。第二天，送了一黃封來，叫他到山東巡按面前再開拆，事先不准偷看。吉士抱一個碰運氣的心理，果然送去，原來就是命他署山東巡按的諭旨。這樣林吉士也馬上就任了。完全趁皇帝的高興，因「咊」字的遊戲，一會兒使他落魄，一會兒又使他榮耀。那時的政治也未免太兒戲了！

雲師（50-10-20）

懷澄清閣

到了蘭州，就想去逛五泉山；再有人指點著「左公柳」給你看，很容易的使你起佩服左宗棠「勳業」的心，那真是個大笑話。現在大家愛談曾剃頭的事，對於這位吹牛大王老左，反而不大提起了。蘭州省政府，目前該是甘肅省人民政府的後花園，有一所「澄清閣」，便是老左當日棲憩的地方，一副集聯，好大的口氣，有許多人常常說到它。論風景不在五泉之下，我曾在此住過幾夜。為什麼我叫左是吹牛大王？我到過哈密，那龍王廟就是左軍的營房，他的麾旌到此為止。至於天山南北，只知道劉錦堂，並不知道左宗棠；不相信你找一位回胞問一問，他一定對你大談劉氏遺蹟，絕不會提到老左的。回疆之役，破壞了少數民族的友愛，姑不論它的過失；就講那些戰事也不是左所指揮，他不免有冒功之嫌！而他晚年那種恃才傲物的架子，比曾更甚。今人多罵曾不罵左，我殊為不平。我想起「澄清閣」，聯想到左宗棠，不禁有些好笑——這又是一個誇大的閣名也。

雲師（50-10-21）

金和手寫詩稿

《儒林外史》作者全椒吳文木（敬軒），是金亞匏（和）的外祖父，所以在外史後有他的跋，也正因這個緣故，亞匏時常往全椒的外家。吳氏後人住無為，此詩稿二冊為吳氏所藏。包括《椒雨集》二卷，《南棲集》、《奇零集》各一卷。以我看來，《椒雨集》是他手寫的，其他二集當係傳抄；有藍筆校注，是亞匏次子仍珠（還）所書，他的字跡，我尚能認識。所注都是根據丹陽束允泰刻本，足見仍珠是看到束刻，將要為他父親另謀新刊，在編排上要借鏡於束刻的。又稿本前冊題《秋蟪吟館詩》，而後冊題《來雲閣詩》，束刻用後冊的題名，故仍珠改用前冊題名。若據束刻及仍珠兩次刻本來校，異文極多。此我所以珍視它非常。不過自梁任公推金詩為清代第一以後，「詩史」之評，洋溢吟壇。同時作者如吳縣江湜的《伏敔堂詩》、遵義鄭珍的《巢經巢詩》，實在也是好的，我固不敢因亞匏是鄉先生而附和這「第一」的說法。他的特色在七言古詩，以散文氣勢入詩；與江的深入淺出，鄭的誠摯渾厚，應該說各盡其妙。在史的觀點說來，他跟太平天國站在對方，他所歌詠的內容，今日應重予論定，此又另是一事了。得書歡喜，就紙背上寫這許多話，也大可供愛詩的朋友們一顧也。

（50-10-22）

楊岳斌的窮

中國建立海軍的歷史很短，可是湘軍時代的水師，說起來已算是海軍的雛形了。那時彭楊齊名，想到彭玉麟知者甚眾，而楊岳斌似乎不如彭名之著。因彭的聲氣之廣遠過於楊，他又賦詩作畫，有幫閒文人給他捧場。不過，也有人推崇楊氏過於玉麟。如文廷式《知過軒隨錄》有云：「彭剛直不及楊厚庵遠甚。厚庵樸質忠篤，有大臣之風。余在湘時。與之晤譚四五日，蓋李西平一流人，未易求之晚近也。厚庵六十喪母，舉動必依於禮，廬墓三年，非祭祀之日，不歸城市。訪余於旅店，多徒步而來。談及臺灣一役，惟咎自言無功而已。」厚庵是岳斌字，他本名載福。廷式所記還不足以見其人風度，他布衣麻鞋，步行入蜀訪鮑超，不是鮑超，他早餓死了。同時的帶兵的朋友，沒有一個不擁厚資的，只有他最窮。他那兩句詩：「藉問歸來何所有？半帆明月半帆風。」並不見得比玉麟的「彭郎奪得小姑回」來得差。他跟彭鬧彆扭的一件事，王壬秋《湘軍志》也說到的。

雲師（50-10-22）

解人朱厚照

說起明朝正德皇帝廟號武宗的那朱厚照，就要叫人發笑，什麼自封朱壽威武大將軍，一直到什麼豹房送命，幾乎此人成了一個標準渾蛋。絕想不到有時竟也成了一個解人，姑且就說他處置那吏部尚書的故事吧。這一天，他逛到樞密院，看見幾個人在那兒吃飯。他召集他們在飯後談話，他要各人說明飯的來歷，從怎樣播種？怎樣耕地？說至怎樣收穫。把南方、北方，各人家鄉的情況表述一番。那些田野出身的官員，都能答對。獨吏部尚書是一個世胄，他茫然不知所云。這位朱厚照說：「你連飯的來歷都不知道，怎樣治理國事呢？」恰巧太湖司巡檢缺了人，應歸部銓選。於是便著尚書去補此缺。尚書是中央大員，巡檢不過一個末秩，相去不知是多少階級，他也不管。那位尚書只好忍氣吞聲而去。原來這巡檢司所在，正是三面農田，他竟獲得這學習農事的機會了。這樣，這吏部尚書知道了稼穡艱難，學習了幾年以後，在朱厚照南巡時，才召見他，問：「現在你懂得吃飯難了吧。」重新再恢復他原職。假使這件事是有的，我倒認為他算個解人。儘管他對別的舉動，我們不能不罵他一聲渾蛋，而此事尚有可取。這可取處正是叫那人親往田間去學習，去瞭解，然後始曉得「誰知盤中餐，粒粒皆辛苦」！

（50-10-23）

眉公桶

明代的一般山人，恕我不恭，說一句老實話，對他們的印象是不好的。尤其像華亭陳繼儒眉公先生，他雖然又是山人的領袖，又是個大名下；我對他的印象尤其惡劣。蔣心餘在《臨川夢傳奇》中挖苦得妙：「裝點山林大架子，附庸風雅小名家。」又說他是一隻「飛去飛來宰相衙」的雲中鶴。為什麼我也討厭他呢？第一就是虛偽。正如心餘所說的，「大架子」這三個字下得的好；越是他一肚子的齷齪，他偏裝做超凡出塵的樣子。口不言阿堵，抽豐到處，□□照打。第二，還是虛偽。頂著山人的名稱，在青浦佘山住不到兩天，直往郡城裏跑。他又何嘗有林泉之癖！還不如豪商富賈，爭利於市，他們並不要什麼清高隱逸的美名。第三，仍然是虛偽。所謂山人者，既鄙棄科舉的出身，又不肯向官場仕途中討生活；他不獨要與權貴接近，而且還假借勢力，為非作歹。清算他們的罪禍，比貪官酷吏還要大，因為踐害人民之處更多也。他的詩文書法，我認為均無足取。最大的貢獻就是供應大便之用的馬桶。那紅漆描金的馬桶就叫眉公桶。細想起來，眉公桶正是陳大山人的象徵，城市中富貴人家用得著它，鄉村裏自有廁坑，並不需要它點綴其間耳。

飲虹（50-10-23）

駱秉章在四川

駱秉章是咸豐十一年入川，同治六年在任上死去的。據薛福成《庸盦筆記》說：「成都為之罷市，居民皆野哭巷祭，每家各懸白布於門前，或書輓聯，以志哀思。……」王壬秋在《湘軍志》甚至說到省城士民「如喪私親」，都認為得民心到了他，這是曾胡一般人所不能及的。姚永樸《舊聞隨筆》尤其說得詳盡：「公薨時室中止一布帳，篋存百金。詢之司會計者，乃知公廉俸所入，多以周窮困之人，嘗有廉吏罷官不能自存，為張羅千金，群不知所自來，至是乃知皆出諸囊橐云。公薨於蜀，民罷市縞素，喪車所過，哀音相屬。至有以如喪考妣四字榜於其門者。同官因終嫌國恤禁之。民大呼曰：使公□他日為川督而死，民必不爾！其功德入人之深，即此可見矣。」諸家皆說得如此鬧猛，卻也有說他短處的。如費行簡所說：「名震海內，莫不擬以諸葛，其實則驕蹇庸碌人也。左宗棠處其幕中，雖操軍權而每計事，秉章坐聽之，迎送未嘗起立，接屬僚，益倨傲。……」照此看來，除了廉素以外，他是一無可取的。

雲師（50-10-23）

秦良玉軼聞（上）

我們在川江航行，要經過忠縣。當船掠石砫而過時，一定會想起秦良玉這一位女英雄來。不過，我們熟悉她後半生的身世，如平臺賜詩，什麼「桃花馬上一紅顏」，她的戰功，明史上已有交代。據說她晚年也很夠寂寞的，我曾寫南劇一齣叫做《課孫》，列入《女惆悵爨》之一。她的童年，以及她婚姻的成就，吳薌本倒在《客窗閒話》續集卷三裏提到的。他是根據什麼而來的？可惜不曾說明。假使這還可信的話，不能不說它是一段絕好的史料。說她在五六歲的時候，鄰人常常被竊，多方的構陷貧苦的人們，而始終不能做人家的罪。她的父親在咨嗟歎息，她走上來，說：這定是米具偷的！那鄰人說何以見得呢？她說：有一天米具潛窺你的臥室，我本認不得他，他又看我年幼，不瞞著我；這時有個人來，跟他在你窗前耳語了許久。就是那晚上，你們失竊。我看，快去找米具，不必再害別人了。果然緝得了米具，這竊案證明是他犯的，大家都佩服她的見解。她在童年已這樣機警，無怪後來行軍也那樣的機動了。

（50-10-24）

秦良玉軼聞（下）

她嫁給馬千戶，是由於自擇的。當地風俗是在春秋季，縱少年男女在山野地方，唱歌求配的。這姓馬的，是土司的宗族，沒有父母兄弟，孤零一身；但貧而好學，長得非常文秀。當良玉跟他攜手歸來，她父母未嘗不嫌太窮；良玉說：「事在人為，我只求同心，貧窮沒有什麼可怕！」果然她在荒山中撒種包穀，不獨解決了一家的糧食；石砫因此在別地方鬧饑荒時，不發生任何問題。同時她製造不少種兵器，後來土司被殺，大家起初還想推馬繼任，但是一經協商，認為舉夫不如舉妻，於是歸良玉執掌土司的印。她造了一種像千里鏡的，是名「天觀」，刺探消息。又掘地三四丈，埋甕地下，叫聽者睡在上面，是名「地聽」。用天觀地聽來打聽敵情，所以她的白桿兵成了當時最得力的勁旅。至於薌厈說：「召良玉入覲，欲侯之。玉辭曰：侯及婦人，古雖有之，非天朝體制，無已，則請封夫主。乃召馬生以為靖北侯，賜予無算。上良玉為勇鄉夫人，石砫大元帥……」這說法我認為不甚可靠，她北上覲王時，將丈夫帶在身邊，怕是不大可能吧！薌厈以為看到秦良玉這個人，才知陰陽二字的確解，陰陽不作陽陰原來如此，這也近於笑話了。

（50.10.25）

刺馬案質疑

張文祥（在文字旁加三點水的偏旁，是滿清對人的一種侮蔑的辦法，對張文祥如此，稱中山先生做孫汶也是如此；現在不應當再寫成汶字了）刺馬新貽案，不能不說是晚清一大案。究竟內容如何？向來人各異詞。孤雲君來談，他舊日曾聽王榮畢先生談起此案。王氏是英王陳玉成的舊部，英王見害後，輾轉歸了曾貞幹，最後歸曾沅甫。所以在貢院衡監堂審張時，他得親自參與。張始終不說話，因為上元縣知縣莫祥芝以荊軻、聶政都留姓名為詞，他才說姓張，名文祥，河南固始人。此外只說「眼前沒有一個是人！」這一句話而已。舊日所傳要鄭敦謹來審，是出於張自己的請求，完全靠不住的。至於說張文祥是太平天國的餘黨，如此草草結案，亦不可信。看來還是有政治的背景，在馬新貽參劾親貴後，就出此事，一出了事，魁玉就來封印，不是無因的。張文祥之死是用魚鱗剮，通常剮只六刀，魚鱗剮是因新貽的兄弟的指定，這是不合法的，因此馬的兄弟浙江知縣也摘了印，而且是永不錄用。在張被刑時，小營一帶昏天黑地，寒日無光，我幼時也曾聽親見其事的老輩說過的。

欽虹（50.10.24）

遊龍戲鳳

《遊龍戲鳳》一名《梅龍鎮》，又名《驪珠夢》，通常在舞臺上演出的，就是酒館一場。最後那夢中情景最富於傳奇性的大段，是少演的。就是余叔岩、梅蘭芳往日在北京堂會時也只演酒館部份，也許後段根本是後來補編的。吳薌厈在《客窗閒話》初集卷一中曾記此劇本事，戲中李鳳姐有兄名龍，吳記作父不云兄。記云：「入肆沽飲，鳳姐送酒來席，誤以為娼妓之流，突起擁抱入室，鳳姐驚喊，即掩其口曰：朕為天子，苟從我，富貴可立至。……」完全一個急色兒的樣子，遠不如戲文中「在頭上摘下飛龍帽罩，身上顯出蟒龍袍。叫一聲鳳姐來觀寶，哪一個庶民人敢穿龍袍，五爪金龍袍！」還表示一些調情的閒致也！至於此戲所以名《驪珠夢》，吳記中說：「先是鳳姐恆夢身變明珠為蒼龍攫取，駭化煙雲而散。」這裏是有神話存在著的。實在前半為暴君仗勢強污民女，後來是弱女為虛榮而順從暴君，值不得稱讚的，吳記未免誇張過分，論戲倒好耍子的。

雲師（50-10-24）

郭禿考

冀野先生的〈戲劇同源說〉一文中曾提到郭禿。郭禿就是傀儡，在《顏氏家訓・書證篇》上就說：「或問俗名傀儡為郭禿，有故實乎？答曰：諸郭皆諱禿，是前世有姓郭病禿者，滑稽調戲，使後人為像呼為郭禿，猶文康像庾亮耳。」郭禿之說見此。我看是未必有這個人，也不姓郭，禿不禿更談不到。原因是由梵文「那吒迦」變來，那吒迦是戲的意思。郭那是疊音，禿吒是雙聲。郭禿就是那吒轉變的，「那吒」的意思是優伶。《樂府雜錄》「傀儡」條云：其引歌舞有郭郎者，髮正禿，閭里呼為郭郎，郭郎又是郭禿的演變。梵語傀儡曰「補特利迦」，本具女兒義，足見原始的戲也是兼扮男女的。後世逕以郭禿替代傀儡這名詞，它的來源是這樣的。本來是戲劇上專稱，哪裏知道也引用到政治上來了。

當日寇侵華時，偽江蘇「省長」陳群在南京報紙上發表一種「金陵識小錄」，他自署名便是「郭禿」，文中常自稱「禿先生」，蓋未嘗不以傀儡自居也。這一個人別的我們不談，在這一點上他是很坦白的。郭禿，郭禿，又有幾個傀儡肯毫不諱言的自認是傀儡的呢？

欽虹（50.10.25.）

柑林

又是橙黃橘綠的季節了。早些年我曾居住在川東一個出產橘子有名的地方，就是江津縣的白沙鎮。那裏有很多的柑林，橘子像黃金球似的掛在樹上。主人招待我進了樹林，交一根拐杖給我，任我在林中選著打，一拐子打去，有時掉下好幾隻橘子。橘子與柑子實在是不相同的，還有一種叫香柑。我常去遊的是橘子林，但土人也把它叫做柑林了。在縣城中還有特製的一種柑子酒，比萬縣的橘精酒好多了。那時我飲酒是好量，像柑酒我可以喝上七八斤，記得亡友武昌藝專校長唐藝精就跟我在縣城裏開懷痛飲過，沒有幾天，他便掉在江裏淹死了。我看到橘柑，有時就會聯想到他。比較起來那種混合種的香柑水分最少，我不大愛吃，產量也最小。那橘皮整剝下來，孩子們還點「柑燈」，一個個小而圓，好像紅電泡似的。不像現在兒童用橘皮耍的「橘皮炮」；但有響聲並無甚可看也。

雲師（50-10-25）

《閒情偶寄》批判

李笠翁這個人，多少沾染有江湖氣，是受了山人們的影響。吳梅村贈詩有云：「家近西陵近薛蘿，十郎才調歲蹉跎。江湖笑傲誇齊賢，雲雨荒唐憶楚娥。海外九州書志怪，坐中三疊舞回波。前身合是元真子，一笠滄浪自放歌。」自注：「笠翁名漁，能為唐人小說，兼以金元詞曲知名。」梅村所認識的笠翁是不夠正確的。作為一個小說戲曲家，他遠不如馮夢龍。他在演劇的才能與經驗方面，當然又非馮之比。我覺得李笠翁的重要著作是《閒情偶寄》，則不獨被讀者忽視，連作者自己也忽視了這一本書。什麼「閒」的情，又什麼「偶寄」，這題名就夠可笑的。假使你將他作為一個園藝家看，作為一個建築裝飾家看；你將認為他這些珍貴的資料與見解，並不是什麼閒情而偶寄的！所以我說這一部書要重予批評，往日他所得意的什麼「一家言」，而價值並不在「一家」上。中國被埋沒了的一些書，不只.是《閒情偶寄》；都同樣的當它做「閒書」，不知這些閒書比正經書還要正經咧。

《閒情偶寄》按照分類給它成為若干小冊子，每冊獨立，分給每部門的專家批評、擇選、實驗。如此當知李笠翁不但是一個劇論家。我雖不滿其為人，亂敲竹槓，亂軋女人，然對他這部《閒情偶寄》卻甚重視也。

（50-10-26）

泥城橋之憶

在上海任何地名，沒有像泥城橋這樣打動我心的。因為我第一次到上海，就住在泥城橋左近。那是四十年前的事了，在我殘餘的記憶中，一座高大像棧房的樓，點著掛的煤油燈，在燈下圍聚了兩大家人。我那五嬸子，現在當然已是六十歲的老太婆了，那時正是新娘子。一位堂兄比我大不了兩歲的，一天，出門玩要迷了路，給印度阿三送了回來。堂兄現在是過世了。就在這時候，我的一根五六寸長的小辮子，跟我家所有男丁的髮辮是同時取消的。給我辮子動手的，是我四叔，他死了已十年。這時我們又初嚐榨菜之味，我覺得那時的榨菜好吃些似的。電影應該有了，我卻從未看過。只跟著父親上過兩次丹桂茶園，當時好像是髦兒戲班子，看過一次《打嚴嵩》，那扮演嚴嵩的兩耳還戴耳環哩。電車已是有了，不過很少，而且都是有軌的。在泥城橋的寓居之日，我是最年幼的一個，屈指計之，存者不到半數。到今天，泥城橋之名猶在，除了兩個大黑煙囪，竟找不出一絲兒痕跡來，上海當然早就不是舊的形貌了。由於租界時代的屢次越界築路，把區域擴大得多，泥城橋也越覺得它的古老。我每過泥城橋，必神往於我的兒時，那一年是辛亥，閉起眼睛來亦未嘗不像昨日事。

飲虹（50-10-26）

小文章難寫

小文章的確是不容易寫。有些意思還需要一些材料；有了題材至少自己要有一點意思。信手拈來的時候固有，終日搜索枯腸，不能著一字的時候，也未始沒有。於是翻翻書，有時從大篇中認為有一節或一段，大可供我取材。自然未必盡如顧亭林所說，採銅自鑄，使用人家鑄好的錢也是有的。說得好聽點，是加一些剪裁；不好聽的話，就是摘摘抄抄而已。摘摘抄抄，也是往日作隨筆札記的方式之一，但是多少要有自家的意思。這裏我要講個演戲的故事。乙院看了甲臺唱〈武家坡〉唱得熱鬧，它就唱一齣〈汾河灣〉，其實薛仁貴跟薛平貴，柳迎春跟王寶釧，好比換湯不換藥的，而〈武家坡〉與〈汾河灣〉居然並存。至於在一大部〈鼎峙春秋〉，選它一段〈群英會〉，給宣佈獨立，這又是另一套手法。假使如韓昌黎「語必如此」，則文章越發少了。大文章在鋪陳排比下，還可以多裝一些內容；而小文章要短小精悍，故小文章又較大文章為難了。

雲師（50-10-26）

元牘記

我對於「黑老虎」一向沒有多大興趣，因此對碑帖考證文字也不大在心。為的上了碑帖拓片的癮，這所謂「黑老虎」的，它真能困人。但例外的，我也愛看像盛仲交《元牘記》一類的書。在明人中我對於盛仲交這一輩人是有好感的。他的著作，如《牛首山志》、《棲霞小志》，我都看過；餘如《祈澤志》、《方山志》至今尚未寓目。這《元牘記》雖說是碑帖題跋，但其中反映了許多他日常生活狀況，如題「魏魯孔子廟之碑」，有云：「……是起蓬首刻數十字，不覺清風灑然也。」如題「王右軍周孝侯碑」，有云：「……余既得厭觀此本，而秋澗命題數字於上，捉筆笑曰：佛頭堆佛，正是此類。座中如遇米顛，幸勿出示，彼必連道惶恐殺人也。」他不是專習壹志的在碑帖上用功夫，他處處還不忘記自我的趣味。在今天看來，真是一個小資產階級的本來面目。照書中紀年計算，始於嘉靖壬午到庚申，其中以甲寅這一年的最多，那正是倭寇擾江浙最厲害的時候。他自作的後序自註：「雨中在蒼潤軒對酒信筆寫不增減一字。」可見其人的風趣了。朱逑之先生在《開有益齋讀書志》，即盛稱此書。我是用讀小品文的眼光來看它，不能不說它是明文的上選也。

（50-10-27）

詩的分門

中國詩歌的分行寫法，我想，應該始於南北朝的。如北涼時曇無讖譯的馬鳴的《佛所行贊》，就是每行三句，每句五字；一句句分開，一行行排列得很清楚。尤其敦煌所發現的一些變文，詩的部份都是分行寫的。敘事是散文，直寫；而歌唱用詩，分行。這影響一直到後來的彈詞、鼓詞跟別的唱本，都是一例。後代刻五七言近體詩的，也有用分行格式的，如《千家詩》之類皆是。北宋初，刊刻的詞集，雖不每句分行，但上闋和下闋是分開的；下闋是另起行的；到明人才空一格，不再另行，大約是省紙的緣故吧。這同樣的理由也使五七言古詩不能採取分行制，因為分了行占的篇幅未免太多了。而彈詞唱本一類的書，夾有散文，怕容易混淆，所以把可唱的詩句又分行寫起來。這不是沒有道理的。五四以來，新體詩盛行以後，有人主張詩一定要分行，他們沒有注意到中國原有分行的寫法。小冊子用分行未嘗不可，長篇鉅製，一行行分開寫來終嫌浪費了。連那《佛所行贊》兩大本，我總覺得不如「古詩為焦仲卿妻作」直寫反而簡便。梁任公曾說這〈孔雀東南飛〉的詩正是受《佛所行贊》的影響咧。

飲虹（50-10-27）

豫劇印象

河南戲是地方戲當中另具風格的一種，通常叫它做豫劇。二十多年前，我在開封，正是馬雙枝走紅的時候。我看過她的《三騎驢》，唱詞中花腔極多，用舌尖抖動處，直令人心跳；真不愧是「鄭聲」。我始終認為墜子跟豫劇最足以代表地方色彩。馬雙枝的扮像並不見得頂好，可是身段喉音的是可取。那《三騎驢》本事我不能詳，大約是三位神仙相遇，渡一個凡人成道的故事。馬雙枝扮一位女仙，繞著場在唱，唱個不停，也跳個不停，頗有餘音繞樑之妙。後來我到洛陽，也許相隔有十年了，聽說豫劇也在改進，有一位陳素貞女士，是女中出身，專演唱新編的腳本，我去看過一本名叫《貞女血》的。編劇者是河大的一位校友，正與陳同居。據說陳小字狗妞，表演的技術在馬上，而唱工不如。我曾寫過一首詩：「中州樂府日陵遲，曾聽歌場墜子詞。又見陳家狗妞子，一時壓倒馬雙枝。」可惜豫劇只給我一些很淡薄的印象，只記得前馬後陳，至於內容我已很模糊，不過始終覺得它是另具風格的。

雲師（50-10-27）

談：佛曲

佛曲這一個名稱，該是出於北宋年間的「說話」。說話有四家：①小說，即銀字兒，②公案，③說經，④說史。說經即演說佛經，一作說參，就是參禪。在敦煌所發現的中唐以後寫本，如演《維摩詰經》之類，跟變文有些彷彿。至於禪門十二時等，稱為俚曲的，也是佛曲的旁支。後世宣寶卷就屬於這系統的。此外另一種佛曲，是元代回光和尚「唱道」，那又是利用九宮十三調的曲版來說佛理的，尤其在永樂初年所頒佈「諸佛如來菩薩尊者名稱歌曲」，這與回光是一類的，不過回光限於北曲，永樂時的佛曲已參用了南曲了。這裏面還有不少番曲。最可笑的是假借政治的威力，抓住秀才們，逢每月的初一、十五，在文廟去唱佛曲，這制度是再滑稽也沒有了。這兩類雖同名佛曲，實在內容是不同的。它們在音樂方面也不一樣，前者該與梵誦（指法事言）一樣，自成風格；而後者完全利用南北曲。宣卷的佛曲跟永樂頒布的佛曲，一是特殊的體裁，一是專書的名稱，我們似乎應當分別它們的名稱，以免混淆；不然，說到佛曲究竟是指哪一種佛曲呢？

（50-10-28）

道情考

道情這名稱，起源是很早的；明初朱權《太和正音譜》所列樂府十五體，有黃冠體，所謂神遊廣漠，寄情太虛，有餐霞服日之思，名曰：「道情」。我在《道藏》中檢出一種《自然集》，那便是最古的道情，元代如鄧玉賓、鄧學可都是道情專家。在北六宮中有「道宮」，我認為南宋的詞樂中就有道樂在內。現在吹笛，不是也有道笛的一種麼？是道樂影響過詞，同時還是曲源之一。後來不受曲禮拘束的，有徐靈胎的《洄溪道情》，金冬心的自度曲也是這一類的，鄭板橋的道情，不過靈胎的嗣響而已。在現今成都還流行，那漁鼓簡板，就是專唱道情的。不是有個賈瞎子以此成名嗎？在鄭氏以後，像湯鑫仙（濂）的《趣生蓮花落》，仍然是仿道情而做的。我覺得元初的《自然集》，明代周履靖的《鶴月瑤笙》之類是道情正宗，徐金以次是道情的仿製，也許搜集起這一類資料，是夠寫一部「道情史」。前半段與道教有密切的關係，後一半已是表現日常生活，不過加上一些勸世、醒世的意思，成為變相的善書了。由什麼龍虎丹鼎，進而為春花秋月，又進而為忠孝節義；這道情的演變底痕跡是很明顯的。

飲虹（50-10-28）

羅鈞任一夕話

余蒼談羅文榦，頗引起我對羅先生的哀思。案文榦之榦不作「幹」，在他生前看到報紙上常常登載這錯字，他常對我笑著說：「又在亂幹！」他字鈞任，我和他也有近十年的交誼。因為他愛喝酒，我也愛喝酒，我們雖然並不是因酒才訂交，但因酒而親密。尤其那一年在浮屠關，開「參政會」時，我們同宿在一間房。每天晚上，他必喝足了酒。有回，對我說：「我一生最得意的時候，是在留英時代。家裏有的是錢，除了等文憑別無責任。回國以後，當什麼財政總長，吃了一場官司；由於把弟張學良之薦，到南京「國民政府」當一任司法行政部長，不是國難，絕不給我兼長外交。大家都到洛陽，我獨留南京，後來外交部交代時，我的特別辦公費，是全繳出的。我今天這樣窮，總算問心無愧。老弟，我現在只有一個願望，比起蘇東坡來，我有了琴操，還缺一個朝雲。我願住在你們蘇州終老，布袍淡飯的生活，我自甘之。」

這一夕話，當然不什麼正式的談論，然而這才是他的真心話。不料別後他竟在樂昌病歿。

雲師（50-10-28）

賣馬耍鐧

七十一歲的票友孫化成老先生，在友藝集彩排了一齣《秦瓊賣馬》這消息轟動了南京市的京戲愛好者，晚上八點鐘還沒到，距開鑼二小時以前，太平路康樂園已擠滿了人，準備欣賞此劇的演出。當天下午我就去看他們的預演，孫老動了單雄信的一句唱詞，就是「無人知俺富豪家。將身來在大街下，見一位老丈牽住馬。此馬名叫黃驃馬，無有銀錢難買牠。」中間這「老丈牽住馬」的馬字，該用平聲的轍兒才好。我替他改了一句：「見一神駒在路叉。」他又說明這耍鐧的鐧法，當年小叫天是由雙刀中演變來的。化老為學鐧並曾請教過一位武術家。在譚式中插入了一小段。為著要穿靴子耍，不得不演習了一下。等到上場，門簾一揭，那一種失路英雄的氣概，就給觀眾一個極好的印象，此老畢竟不同凡響，滿臉的戲，滿身的戲，不是幾十年功夫不能到此地步。雖然是高年，居然始終不懈。耍鐧差不多耍的有一刻鐘，觀眾的掌聲壓了鑼鼓聲。有幾位京華舊客說：「這樣的戲已三十多年沒看到了。」又有人說：「那些內行，到此老的年紀，也還不能達到這水準」。有許多沒看到化老表演的朋友，渴望他「再來一次」。

（50-10-29）

板橋

自從余懷（澹心）寫了一部《板橋雜記》，秦淮河跟著它出了名。這板橋究竟在什麼地方呢？南京以板橋命名者有二；一是離南門四十里光景的一個板橋，是鎮。一是在秦淮河上桃葉渡，就是余氏所說的板橋。甘熙《白下瑣言》上說：「金陵桃葉渡，順治初，一縣令邵姓者，建橋其上，榜曰利濟。青溪長板橋，明末為禮部葛寅亮所毀，漁洋所謂『煞風景者』。」這段話說得不甚明白。「順治初」當然在「明末」以後，邵姓所建的橋是不是即葛氏所毀的橋的原址呢？如果毀了一橋，又建一橋，漁洋又何以說煞風景！想來板橋所在大約就是現今利涉橋所在。橋這邊是夫子廟區域，橋那邊的石壩街亦即「舊院」去處，幾年以前仍然是殘脂剩粉，也可說是藏垢納污的去處。王漁洋的《池北偶談》所說，那八十老人丁繼之的家，那「丁字簾前」大約目前是那一家菜館子占了。漁洋又說：「金陵舊院有頓脫諸姓，皆元人後沒入教場者。順治末，予在江寧，聞脫十娘者，年八十餘尚在，萬曆中北里之尤也。」在南京，我卻沒有見過姓頓姓脫的；是不是頓脫皆無後人，還就他們改了姓呢？這我們是無法知道了。

飲虹（50-10-29）

處方與判決文

說起寫文章的法子，我有兩個比方：一是中醫師的處方，先將脈案開成，把病狀一一開列。然後對症發藥，君臣相配，就成了一張藥方。病狀必須無遺，藥物也必須有為而用。一是法院的判決文，它所根據是法律，看看引用哪一個條文最適當，然後用這條文來裁判這件訟案，誰勝誰負，誰應得什麼處分。記載案情的經過，要跟脈案記病一樣的正確，那麼這裁判也就和下藥一樣的「對題」。我始終認為處方和判決文，是組織最完密，而且也是要言不繁的文章。寫文章的人應該瞭解它們，最好還向它們學習。尤其寫短小精悍的小文章，正需要它們做範本。不過，此處所說但指形式。內容方面卻是各自熟悉一套，我並不主張寫文章的也學起湯頭歌訣式或法令條文的。寫文章的又各自寫他的一套，知道什麼寫什麼都可以的。

雲師（50-10-29）

譚天會

伍仲文先生跟我說起民初在北京教育部時，每天下值，大家都分別出去找樂子。其中戲迷就不少，尤其當時正是小叫天紅極了的時代，於是有一種非正式的團體，叫「譚天會」，譚的是小叫天，也可以說此會是譚鑫培的天地；妙在譚字既切小叫天之姓，又與談話的談通用。陳仁先（曾壽）也在部同事，他與小叫天是湖北同鄉，幾乎每天都要到譚家去，小叫天所唱的戲詞有時是陳仁先為他斟酌的。仲老說：「在今天想來，譚天會這種性質，可以說是學習小組。我們是不採取世俗那種捧場習氣的。何況小叫天有他的真才實學，用不著我們的捧場。」這一天，仲老是來約我一同訪票界耆宿孫化成先生的，孫是譚的崇拜者，雖無會籍，亦譚天會中人也。哪一句戲詞，小叫天有幾種唱法，他可以把每種唱法來唱出；然後問我們，究竟哪一種好聽些？當然在某一場合，某一時間，用某一種唱法最適當，這又不可預定的了。譚所唱的京戲是有崑腔、微腔做根柢的，這一點化成先生特別指出。仲老跟他重溫譚天會的舊夢，下午二時談起，不覺坐到天黑才告辭。

（50-10-30）

李審言二三事

徐一士先生所著的《談薈》，亦記多半是近百年的故實，有些是我們熟悉的，也有是我們所未詳的。其中有〈李審言文札〉一則，記先師審言先生跟樊山的不相得，這是先生在日，對我談起的，對於和陳善餘、況夔笙的摩擦，一士先生沒有敘及。給張次溪的信，要次溪出資刻其著述，此事雖無下文，但曾由同門集資，囑稚甫世兄謀刊遺集，先生身後，亦曾有計議，後因戰事起來，遂未實現。我受教於先生是在東南大學。還記得起第一次上課，先生見我名字，問我籍貫；於是說了他在尊經書院謁見我曾祖的故事。此後，我常往先生銀魚巷寓所去談。先生對我說起他去見王壬秋，辭出時王老送至門口。對別人稱君，獨稱他先生，這是平生自己最得意之事。可惜我那時未曾問他，在《匋齋藏石記》上所題詩：「輕薄子玄猶並世，可憐難返蜀川魂」那子玄究指何人？此事至今各人看法不同，成一疑案。先生每上課，由稚甫扶上講堂，定焚起一爐香來，且談且喘，這情景還如昨日，不覺已是二十五六年前的事了。先生素不滿意桐城文派，但先生去後，姚仲實先生（永樸）即應聘至，我覺得「各有千秋」，至不敢甲乙其間的。先生有一封辭聘的信，被我收藏的，不幸毀於丁丑之劫。

飲虹（50-10-30）

查氏女

吳薌厈雖不像蒲留仙紀曉嵐那樣知名，然而他談狐說鬼，尤其談扶乩、談科舉、談一些掌故，都頗可聽。只有〈查氏女〉一則，我認為真是「焉有此奇聞」！故事是這樣的：明代萬曆年間，倭寇侵入中國。因為日本國王的正妃死了，國王因為中華女子豔麗，所以才在沿海來擄掠；這查氏女是鹽官人，來不及逃；她連忙服食了一些「鬧楊花」，這藥服下去，和死人一樣。倭寇將她抬上海船，過些時她也醒了。見一船都是華女，她勸大家勿驚恐。見到日王，果然看中了她，要冊立她為正妃，她說：「我中華人願與中華女子為伍，王若能盡用華女為宮人，則唯王所命。」日王答應了她；而她偷偷用「鬧楊花」放入酒中，將日王灌倒。她便用兵符，將所有華女帶了回國。日王的弟弟，弒王自立，世子又興兵討叔，其國大亂。查女安全的抵達鹽官城，因為她不廢一矢，得了倭將首級，平了倭亂，得旌門之榮。我不知道他這情節是怎樣揑造出來的？似乎也太不近情理，不獨是奇聞，直是奇談了。

雲師（50-10-30）

紅樓三女性（上）

早幾年我曾取舊小說戲曲中幾個女性做題材，寫了一些文章；雖然隔得時間不算久，但我對她們的看法已改變了。這當然由於我的觀點，和以前不甚相同了。且把《紅樓夢》中的三位舉出來，重新談一談。第一就是那「弄權鐵檻寺」的王熙鳳，她可算是一個標準的剝削者，同時是個殘害貧民的慣家。饅頭庵老尼靜慮拿三千兩銀子來請託她，向雲老爺說一聲，便斷送守備公子的婚事；從前我還以為老尼打動王熙鳳的心，不過是虛榮，是好勝；現在看起來，王熙鳳根本就是吃人的人，所以她在寧國府的理財，也就是放印子錢。什麼「放賬」？所放的也可以說是血賬，這裏面不知道有多少慘痛的故事呢，可惜書中不曾交代罷了。等賈政含淚問賈璉說：「那重利盤剝，究竟是誰幹的？」後來也只用「致禍抱羞慚」來表明她的罪惡，這也是不夠的。就是說她因被眾冤魂纏繞害怕，又豈獨是守備公子、賈瑞、尤二姐一類的人物，真正受她害的最大多數給她重利盤剝過的貧苦大眾，作者也未為之點明，此大可抱憾的。至於如何產生這樣一個王熙鳳的社會底階級性，又是在今天我們才能辨識的。還有她的幫兇來旺兒夫婦，所應當得社會制裁，書中不曾清晰的指出，我也覺得頗為遺憾的！

（50-10-31）

紅樓三女性（中）

當時我對於全部《紅樓夢》裏最推崇史湘雲，這看法似乎也不夠正確；我用劉姥姥跟她做一對比，劉姥姥是最世故的，隨風使舵，善於迎應，專討人家的歡喜；而史湘雲心直嘴快，我認為最天真。她置身薛寶釵、林黛玉兩位善於鬥心機的人之間，「從未將兒女私情略縈心上」，得不受排擠、受妒視，正是她天真無邪的明證。此處我未免太忽視了經濟背景。在第三十三回中，薛寶釵對花襲人談到她：「她們家嫌費用大，竟不用那針線上的人，差不多的東西，都是他們娘兒們動手，為什麼這幾次她來了，她和我說話，見沒人在眼前，她就說家裏累的慌！」說到史湘雲的家庭成分，當然是沒落的地主，她這一個資產階級的生活還是過慣了的，談不到什麼改造，然而她在大觀園這一群女伴中，還算是肯勞動的，這一層，以前是看不到的。至於她勸賈寶玉：「還是這個性兒改不了，如今大了；你就不願意去考舉人進士的，也該常會會這些為官作宧的，談講那些仕途經濟，也好將來應酬事務。」從前我以為是她的「隨和」，她不免「世俗」；今天瞧來，她有這種見解，正因為她的家「經濟狀況並不富裕」的緣故。

（50-11-01）

紅樓三女性（下）

我在寫趙姨娘論的末尾，是這樣說的：「趙姨娘呀，我們寬恕你的一切，希望在光天化日之下，永見不到你的影子；尤其祝禱著，在今天這個世界中，像你這樣女的或男的逐漸能絕跡！使我們的憐憫，我們的憎恨，我們的惋惜，只為你這一個趙姨娘而發。」可見我談趙姨娘時，正是看到許多趙姨娘型的人在現實社會中。《紅樓夢》作者對於趙姨娘之死，費了那麼多的筆墨，又摻雜了不少關於鬼神的話；跟王熙鳳相形之下，未免薄此厚彼了。不過，趙姨娘和馬道婆專用什麼紙人兒寫年庚、絞藍紙做青面鬼這種卑劣的暗箭傷人，是絕對不可寬恕的！然而親生的女兒不以她為母，趙國基出了事，所給的幫助只二十兩，還不如襲人媽死時，幫四十兩的多；家庭對待她，也有刻薄之處，未免逼她倒行逆施。本來她因為有了不平，對王熙鳳等表示反抗，何妨不可以呢？但是不能堂堂正正的去幹，而出之跟道婆勾結的一條路，又誰再予以同情！這罪過自然要歸諸那封建時代，然而由於她的性格底昏昧，也是無可諱言的。我始終認為她比起那潑辣的又會吵又會鬧的夏金桂更令人憎惡！結果落得「蓬頭垢腳死在炕上」，又誰能為她辯護呢？

（50-11-02）

種痘

在我們的幼年，種牛痘是一件大事。當時有所種痘局，其中養著痘苗，這苗大有分別，什麼天痘苗、水痘苗；揀得不好，一種下去就有危險，因為它防不了天花的。種痘局必須養苗，若使省錢，在種時輾轉購買，那便貽害無窮了。用水痘苗充數的，一樣灌漿結靨，誆騙人多的酬報；卻想不到等到天花流行時，這出過痘的孩子一樣的罹災。沉黑堅燥的會是天痘苗，淡白平薄的會是水痘苗；一定要紅潤圓綻的，太粗怕力猛，太細又怕力弱。所以兒時我們聽慣了「看漿筒」這句話。康熙間，章楹的《諤崖脞說》談到建平縣西有村堡名諸葛城的，其中的人是不出痘的；痘症行時，外人便攜兒避入堡中，輒無恙。這避痘的風俗，也可說是天下奇聞了。說到現代的佈種牛痘，最早的記載怕是梁紹壬《兩般秋雨盦隨筆》，他說：「西洋醫哒哈吆善種痘，以極薄小刀稍剔小兒左右臂，以他人痘漿點入，不過兩三處，越七八日即見點。彼云其國雖然馬牛亦出痘，恒有斃者，因思此法，由牛而施之人，無不應驗。然亦必須此痘漿方得，他痘不能，故互相傳染，使痘漿不絕。梁氏所記的正是現在所採取的方法，這樣已有百年以上的歷史了。

飲虹（50-10-31）

題珠泉志

我愛搜集一些山水小志，此等書明代隆萬間人寫作最多。如盛仲交的攝山小志、牛首志、獻花岩志之類，不惜從數千里外傳鈔而歸；唯恨書不常見，越是僻書越難見。日前，在甘氏津逮樓翻檢舊篋竟被我翻出了一種來，即此《珠泉志》是也。所誌的是江浦縣城東北二十里，定山之右有個珍珠泉。為「六水居士稚德甫鍾盛」所輯。雖不著年代，我翻來翻去，看出它是萬曆初年編刊的。鍾盛姓陳，臨川人也。第五頁上附圖一葉，當日這一帶地方是駐兵的，為金陵外藩。我所知江浦有一處溫泉跟南湯山差不多，而這珠泉確未嘗知。見此書後問諸浦友，他們也瞠目無以對。陳民刊此書時，附帶聲明的是：「板藏守府。諸體後各有餘地，遊覽者見擲瑤篇，隨次登續……」它還留著空白，等候增加，怕一版之後，或未再印。連此泉存在與否已不可知，何況泉志乎？我總算是有眼福的，且留在手邊，等他日再按圖去尋泉罷。

雲師（50-10-31）

演戲與蝗蟲

偶閱嘉道年間蕭山王端履的《重論文齋筆錄》，談起在蕭山暑月中，每年要演《目蓮救母記》，跳舞神鬼，窮形極目；知府李亭特出示禁止，可是一直不曾禁掉。這是什麼緣故呢？在章苧白的《諤崖脞說》卻說：「江南風俗信巫覡，尚禱祀；至禳蝗之法，惟設臺倩優伶搬演目蓮救母傳奇，列紙馬齋供養之，蝗輒不為害。」又舉康熙壬寅年建平的事為例，那真是神話了。他說在那年：「蝗大至，自城市及諸村堡，竟賽禳之，親見伶人作劇時，蝗集樑楣甚眾，村氓言神來看戲，半本復去矣；已而果然。如是者匝月，傳食於四境殆遍，然田禾無損者；或賽之稍遲，即轟然入隴，不可制矣。」當然這話是不足信的。不過，我想演戲來禳蝗蟲。也許不止建平一地有此風俗。又端履因為蕭山素無蟲孽，有驗與否，不得而知，他卻主張開禁。又曾問過老農，認為蝗多起於北方，五六月時，已是南風吹得盛的，蝗蟲當不能逆風而南；就算牠竄到南方，蝗蟲已是老了，不能為害了。這種揣測，比較是合理的；那麼演戲另是一回事，聊借禳蝗之名而已，未必蝗蟲就是演戲的愛好者，牠不看戲就要搗亂的，這也不過說說罷了。

飲虹（50-11-01）

孺子牛

魯迅翁「橫眉冷對千夫指，俯首甘為孺子牛」是大家所歎賞的名句。究竟「孺子牛」這三個字講的什麼，也許還有人不知它的出典。這是見《左傳・哀公六年》，鮑公曰：汝忘君之為孺子牛而折其齒乎？杜預注說：孺子，荼也。景公常銜繩為牛，使荼牽之；荼頓地，故折其齒。吳梅村題畫詩中〈茄牛〉一首裏，便有「生成豈比東鄰犢，觳觫何來孺子牛」的話。魯翁詩也只是指自己願意為孺子荼所牽的那頭牛，孺子荼是廣大的人民，自己這頭牛是為廣大人民服務的。和梅村詩中的「孺子牛」運用典故雖同，而涵義並不同，那孺子牛是指的「弱者」。有人以為「孺子牛」是魯迅杜撰的，這是一種錯誤。因此我來為他箋注一下，於此也見得魯迅對於線裝書讀了不少，作舊體詩是有素養的。

雲師（50-11-01）

申江好？

我寫了一篇〈泥城橋之憶〉，所記的是四十年前的上海，那時西藏路還是河道。將時間縮短一點，再追溯二十年前的上海，其時英租界、法租界之間，也隔著一條鴻溝，城裏更其寥落，街道是又髒又仄，西門到斜橋這一路上，差不多盡是棚戶。然而當時那位招商局的袁祖志，大鼓吹上海的繁華，作了不少〈望江南〉詞，每首皆是以「申江好」為首句。試看他所說好的是些什麼？姑選出六首為例：①申江好，行樂易忘歸，處處珠圍兼翠繞，家家燕瘦與環肥，金盡手猶揮。②申江好，最異是新街，夜火零丁門戶密，春風容易鳳鸞諧，大半產秦淮。③申江好，高駕馬車來，浪子閒遊朝幾度，佳人遣興日多回，迅疾似奔雷。④申江好，妓女著紅裙，邑廟燒香拖幅幅，新年出局看紛紛，貴賤不能分。⑤申江好，書寓姓名標，摒卻鬟眉重巾幗，只彈弦索不笙簫，暮暮又朝朝。⑥申江好，煙館最深深，誠信眠雲花共倚，恒昌醉樂酒同斟，招友幾番臨。

請問這些的申江還有什麼好！這全是病態的社會，可是六十年來一直到今天才改造成常態的。這裏所說的一些怪狀，現在在我們眼中也才看不到。要不是袁氏指出這些申江好來，我們如何能知道今日的上海是真的好！

飲虹（50-11-02）

西陲牧唱

持光先生談到用散曲來寫新疆的《西域詞紀》，使我聯想到蘇州王念豐（芑孫）的《西陬牧唱詞》。雖然題名是詞，其實是六十首七言絕句詩，除刊在《淵雅堂編年詩集》中，吳昌綬雙照樓有單刻本。每首詩雖只二十八字，差不多每句都有附注，鈴鐺掛得很長。王氏此詩作於乾隆五十三年。茲舉一例：「嗎哈沁已作編民，黍麥年來滿塞屯。紅柳孩藏山谷靜，不教落日恐行人。」嗎哈沁是貧苦覓尋食者的名稱。末二句原注云：烏魯木齊深山中，每當紅柳發生，有名紅柳孩者，長僅一二尺許，好結柳葉為冠，赤身跳躍山谷間，人捉獲之，則不食而死，蓋亦猩猿之屬也。《詞紀》記這紅柳的柳花云：「柳花不比他花，卻似龍井春芽，綠色清香一把，羽翁應詫，《茶經》未載之茶。」用這兩種對勘，我們也可看出這二百年間新疆的多少變遷來。

雲師（50-11-02）

徐北溟的故事

徐鯤字北溟，阮芸臺給他改了諧音的「白民」二字。他是蕭山縣的一個秀才，窮得沒有飯吃，便到杭州去擺書攤，賺不了多少錢來糊口。當他初進省時，得到一本《山海經》，那時秀才們除了四書，什麼也不知道，自以為是枕中秘本了。恰巧盧抱經要一位鈔手，他被朋友薦了去。抱經和客人正在上下古今的其議論；他一聽並沒有一句說到《山海經》，他想這書他們一定並沒有看過。於是他便說：「我是沒有藏書的，不過只有一部《山海經》。」抱經就問他：「是一部什麼刻本？何代的刻本呢？」立即舉出若干種《山海經》刻本的名稱來，並且說自己所有的某本、某本，也有十幾種。當下對北溟說：「你先給我校勘一下，也好驗明你的學力。」於是北溟費了半個月工夫，悉心的去讎對，居然找出異文好幾處。抱經大喜，說：「我始終認為令不通的人校書，是一個辦法。」北溟從此便入了門，在芸臺督學浙江，設館編修《經籍纂話》，請武進臧在東總纂，北溟為副。北溟這時還想應考，阮芸臺說：「你的八股文，就算連下一百回場，也不會中的，不如好好的在做纂校工作，一月到底得幾兩銀子糊口。好好的讀一點書，不比舉人高明嗎？」徐北溟聞聽此言，從此死心塌地的不再搞什麼濫八股文了。

（50-11-03）

朝鮮圖書解題

從十月一日到十五日為止，國立南京圖書館有關於朝鮮、臺灣文物的展覽。看過的朋友都認為有一點美中不足的，是缺乏目錄一類的書。過了一個星期，朱慕湘兄在冷攤上，覓得了一本昭和七年發行的所謂朝鮮總督府編的《朝鮮圖書解題》，是日文寫的，書前有按照中國四部份類編輯的目次，用日本五十音排列的索引，還有編著者姓別表；這表可以說是朝鮮古今作家辭典。從此書可以知道中朝兩國淵源久遠，有一大半的著作，是中國古籍研究，和採取中國形式的舊詩文集。在經部中有字書類，如朴瑄壽的《說文解字翼微》、崔世珍的《四聲通解》，仍然是考釋漢文字的書。史部除以《東國》具名的通鑒、提綱、會綱、綱目、史略專敘述他們自己的歷史，每朝也有《實錄》。此外關於中國、日本的記載也不少。我發現李齊賢的《櫟翁稗說》，在中國怕從來沒有見過罷。史部是最充實的一部，不知這次在戰火中損失了多少書籍了？輿圖、金石拓本、帳籍，跟他們國中各家世譜、派譜、族譜都是全的。這部解題一共五百七十八面，附書影二十四面，從十八面起是朝鮮文與漢文並列的。可惜遲發現了半個月，不然可以將它參加展覽了。

欽虹（50-11-03）

記我的遇刺

看這題目，也許有人認為是一件什麼了不得的命案；當然不會是的，不然我哪能還在此執筆記之呢？所謂刺者，只是魚刺而已。這是二十多年前的事了。有一天晚上，我在友人家吃夜飯，主人正端上一碗蛤蜊、鯽魚湯，我夾了一筷鯽魚，送進嘴時，有另一位朋友跟我說話，我這一怔，鯽魚的刺便刺在喉管上了。當時飯也不能吃了，雇車回寓所，用橄欖核煎水服下；取醋一碗來喝，終歸無效。第二天早上，到了醫院，因為無此設備，又沒有治好。於是我一口氣到了大世界門前一家湯糰店，連吞了好幾客大湯糰，直吞到湯糰頂在舌根；把個跑堂的都嚇壞了。這樣胸口實實在在，一天都不能動；把那魚刺都忘了。魚刺不知在何時失的蹤。然而湯糰作了怪，當天就發燒，一病就病了半個月。

從此見鯽魚就害怕，看到湯糰也不敢再領教。

雲師（50-11-03）

礮考

徐北溟的遺文很少，他寫過一篇〈礮考〉，很有一些意思。礮或作炮，說文上是沒有這個字的。只有「旝」，解云：建大木置石其上，發以機，以磓敵也。又名「飛石」，見《春秋正義》。根據許叔重的說法是商周時就有了的。《范蠡兵法》，據張晏注說：飛石重十二觔，為機發，行二百步。十二觔一作二十觔，二百步一作三百步。至於最初用「礮」字的在《文選・閒居賦》所謂「礮石雷駭」，是西晉時才有，礮別作「拋」。沈餘《宋書》又寫作「碻」字，也就又作炮了。炮是借炮燔的「炮」，音匹孝切。在宋以前，都是架在車上，所謂「拋車」的。後來便不同了，用銅鐵之屬，做成筒狀，中實以藥，石子塞口，通線火發。虞允文采石一戰，就是用的霹靂砲；金人守汴京用的火砲，名叫震天雷，元代忽必烈得回人亦思馬因所獻砲攻襄陽，名襄陽砲。

明嘉靖八年，造佛郎機砲，這已是西法了；萬曆時有「大將軍紅夷礮」；一直到清康熙十五年，還造什麼神威無敵大將軍礮，隨後才有金龍礮。還有得勝礮、九節十成礮、沖天礮、鐵心銅礮、子母礮、嚴威礮、紅衣礮、奇礮、行營信礮、渾銅礮、臺灣礮、回礮這些名稱。在北溟作文時，已是邁進西瓜礮的時代，現在連西瓜礮也成為古物，應當送進博物院了。不過，像礮考這種文字，還是有人愛看的。

（50-11-04）

犵狫

由於南京人稱人為「客先兒」，我想到四川人的自稱「格老子」。不獨男子這樣自稱，女子也這樣自稱；有時兒子對父親說話，說到自己，也是「格老子，格老子」的。我起初就這樣寫作「格老子」。有一年，我到貴陽，去逛花溪。花溪住著很多苗胞，當地是稱他們「花格老」的。案「格老」這兩個字，從前人是寫作犵狫的。在那時代寫成反犬旁的字，都含有侮辱的意思。我因這犵狫兩字，揣測四川人所稱的格老子，也許就「犵狫子」，是自謙之詞，好像自己是很粗野的人。因為這種稱呼，多用之勞動大眾，他們都甚樸實無華。這種語是本色語，士大夫是不肯用的。我對方言頗有興趣，但不曾用過功；這只可說是揣測，不敢視為定論。又反犬旁今皆一律改為人旁，「犵狫」以作「仡佬」為宜。

雲師（50-11-04）

雕刻畫

我國的繪畫，除了絹本、紙本之外，還有石刻、木刻的。圖畫在中國跟其他國度不相同，因為中國的文字、繪畫是同源的。篆籀就是象形字，也就是簡化的圖畫，不必鐘鼎上的雲雷文才算是雕刻畫；漢朝以來的石刻畫如武梁祠石刻一類，還算是浮雕，拓出來是白底黑畫；以後那些石刻像，多半是線條，拓出來是黑底白線，不凸出的。我在友人鄧少琴處看過建興時新都趙義文孝婦像，刻在封函裏面的（封函好似一個石棺蓋），刻得非常生動，可惜沒人專搜集這一類東西。其次，唐以來的木刻畫更有著人物故事，山水宮室，刻工是細紋密縷，和現今的木刻作風全異；刻像如陳老蓮、上官周是一類。還有就是小說的插圖，當年北通州王孝慈先生專收帶圖的書，大約從明代弘正到隆萬，這其間木刻畫的成就最大。畫同刻在技術上是連繫的，現今的木刻是在版上畫，舊木刻畫是畫在紙上，然後再貼上版的。刻字的人未必盡能刻畫，三十年前的潘祥法、姜文卿，如今一個也找不著了。

（50-11-05）

編後說明

1. 本書乙集收錄的，係盧冀野先生於一九五〇年六月六日到一九五〇年十一月五日在上海《大報》上發表的的小品文、小文章。
2. 因其中大部份署以「柴室小品」專欄，故此書即以「柴室小品」命名之。
3. 發表時凡署名「盧冀野」或「冀野」的文章，每篇文後，即不再標注；只有當以其他名字，如「飲虹」、「雲師」等署名的，才在文後另行注明。
4. 每篇文後，我們注出了發表的日期，且全書大致按刊登的先後排列。但也有因發表時間不能確定，或為閱讀方便起見，就會對其中一些的文章的次序加以調整。
5. 雖然編輯此書，本意是將盧冀野先生去世前的那段時期的全部小文章，結集出版，以作為研究盧前先生和那一時代的一種資料。但盧前先生當時在報上發表的小文章非常之多，雖經多方尋覓，仍有相當的佚缺，只有以後再行補充。
6. 由於上世紀四十年代末、五十年代之初，這類報紙的紙張、編排、印刷均比較粗劣。此次輸入及出版的文本中，一定仍有許多舛誤，這裏除了表示歉意，也歡迎讀者指正。

釀文學08　PG0530

柴室小品
（乙集）

作　　者　盧　前
主　　編　蔡登山
責任編輯　孫偉迪
圖文排版　賴英珍
封面設計　陳佩蓉

出版策劃　釀出版
製作發行　秀威資訊科技股份有限公司
114 台北市內湖區瑞光路76巷65號1樓
電話：+886-2-2796-3638　傳真：+886-2-2796-1377
服務信箱：service@showwe.com.tw
http://www.showwe.com.tw
郵政劃撥　19563868　戶名：秀威資訊科技股份有限公司
展售門市　國家書店【松江門市】
104 台北市中山區松江路209號1樓
電話：+886-2-2518-0207　傳真：+886-2-2518-0778
網路訂購　秀威網路書店：http://www.bodbooks.com.tw
國家網路書店：http://www.govbooks.com.tw
法律顧問　毛國樑　律師
總 經 銷　聯合發行股份有限公司
231新北市新店區寶橋路235巷6弄6號4F
電話：+886-2-2917-8022　傳真：+886-2-2915-6275

出版日期　2011年4月　BOD一版
定　　價　280元

Printed in Taiwan

國家圖書館出版品預行編目

柴室小品. 乙集 / 盧前著. -- 一版. -- 臺北市：
釀出版, 2011.04
面； 公分. --（語言文學類；PG0530）
BOD版
ISBN 978-986-6095-04-7（平裝）

855 100004175

讀者回函卡

感謝您購買本書，為提升服務品質，請填妥以下資料，將讀者回函卡直接寄回或傳真本公司，收到您的寶貴意見後，我們會收藏記錄及檢討，謝謝！如您需要了解本公司最新出版書目、購書優惠或企劃活動，歡迎您上網查詢或下載相關資料：http:// www.showwe.com.tw

您購買的書名：______________________________

出生日期：________年________月________日

學歷：□高中（含）以下　□大專　□研究所（含）以上

職業：□製造業　□金融業　□資訊業　□軍警　□傳播業　□自由業

　　　□服務業　□公務員　□教職　□學生　□家管　□其它_____

購書地點：□網路書店　□實體書店　□書展　□郵購　□贈閱　□其他

您從何得知本書的消息？

□網路書店　□實體書店　□網路搜尋　□電子報　□書訊　□雜誌

□傳播媒體　□親友推薦　□網站推薦　□部落格　□其他__________

您對本書的評價：（請填代號　1.非常滿意　2.滿意　3.尚可　4.再改進）

封面設計____　版面編排____　內容____　文／譯筆____　價格____

讀完書後您覺得：

□很有收穫　□有收穫　□收穫不多　□沒收穫

對我們的建議：______________________________

____

____

____

請貼
郵票

11466
台北市內湖區瑞光路 76 巷 65 號 1 樓
秀威資訊科技股份有限公司 收
BOD 數位出版事業部

....

（請沿線對折寄回，謝謝！）

姓　名：＿＿＿＿＿＿＿＿　年齡：＿＿＿＿　性別：□女　□男

郵遞區號：□□□□□

地　址：＿＿＿＿＿＿＿＿＿＿＿＿＿＿＿＿＿＿＿＿

聯絡電話：(日)＿＿＿＿＿＿＿＿＿＿(夜)＿＿＿＿＿＿＿＿＿＿

E-mail：＿＿＿＿＿＿＿＿＿＿＿＿＿＿＿＿＿＿＿＿